「久しぶりレイド兄ちゃんっ!」
に足を掴まれ、ぷらぷらと揺られながら
黒髪の少女がにかりと笑う。

千年以上前からレイドに
想いを寄せる美少女、
東方大陸より襲来!?
ミフル
東方大陸にあるレグネア民族国家の
象徴たる大国主。
転生前のレイドに窮地を救われて以降、
ずっと慕い続けている。

エルリア・カルドウェン
かつて『賢者』と呼ばれた魔法士の始祖たる美少女。千年前の約束を叶えるためレイドに結婚を申し込む。
レイド・フリーデン
かつて『英雄』と呼ばれた規格外の強さを誇る青年。現在はエルリアの婚約者として魔法学院に在籍している。

「『英雄』の先輩として余裕くらい見せておかないとな」
「いつまでも余裕ぶっこいてんじゃねぇよ、旧時代のクソジジイが」

英雄と賢者の転生婚 4

～かつての好敵手と婚約して最強夫婦になりました～

藤木わしろ

HJ文庫
1110

口絵・本文イラスト　へいろー

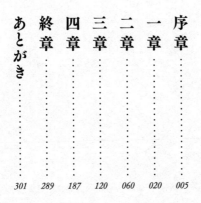

序章

「――どうして、こんな風になっちゃったんだろう」

そんな言葉だけが頭の中を埋《う》め尽《つ》くしていた。

偉大《いだい》な賢者《けんじゃ》が残した技術の一端《いったん》。

それは多くの人々を救うだけでなく、多くの不自由を無くして生活を豊かにし、人々に平和と安寧《あんねい》をもたらす技術だった。

それが――自分の創り上げた『魔法《まほう》』という技術だった。

少なくとも、自分はそう信じて疑わなかった。

その『魔法』によって多くの人々が幸せに暮らすことができる。

そう思ったからこそ、たくさんの魔法を創り上げた。

自分の頭に浮《う》かんだ数々の構想を形にして、それらが他の人々にも使えるように思考と試行を重ね、寝《ね》る間も惜《お》しんで魔法開発に勤《いそ》しんできた。

それは全て、他の人々の平和と安寧を願ったものだった。

それなのに――

「どうして、こんな風になっちゃったんだろう」

ぼんやりと、朽《く》ちかけた尖塔《せんとう》の中から眼前に広がる光景を眺《なが》める。

そこには何もなかった。

草木さえもなく、瓦礫《がれき》と砂塵《さじん》が舞《ま》う荒野《こうや》だけが広がっている。

そこでは、かつて多くの人々が生活を送っていた。

多くの建造物が立ち並び、大帝都と呼ばれて人々から羨望《せんぼう》の眼差《まなざ》しを受ける場所であるとも聞いたことがある。

しかし、今は何も存在していない。

そんな大帝都が存在していたのは数百年以上も前の話でしかない。

そして――それらを破壊《はかい》して灰燼《かいじん》に変えたのは、他でもない自分自身だった。

「どうしてなんだろう」

何も無い荒野を眺めながら、壊《こわ》れたように何度も同じ言葉を呟《つぶや》き続ける。

人々は『魔法』によって幸せな生活を送っていると思っていた。

しかし、実際は違《ちが》っていた。

自分が編み出した魔法は、多くの人々の命を奪《うば》っていた。

そうして奪った命を積み上げるようにして、アルテインという帝国《ていこく》は大陸だけでなく海向こうの地までも手中に収めて大帝国《だいていこく》に至った。

だから――全てを壊した。

自分が創り上げた『魔法』を使って、悪逆非道の限りを尽くしたアルテインの人間たちに報《むく》いを与《あた》えるために、その全てを破壊し尽くした。

たくさんの建物を壊した。

たくさんの人間を殺した。

それでも疑問は消えなかった。

「どうしてなんだろう」

それでも人々は争いを止めなかった。

それどころか『魔法』を創り上げた者のことを『魔王《まおう》』と呼び、あろうことか魔法を使って『魔王』を殺そうとしてきた。

そんなことのために『魔法』は作られたんじゃない。

誰《だれ》かを傷つけるために『魔法』を作ったんじゃない。

だけど、誰もその言葉に耳を傾《かたむ》けてくれなかった。

だから――そんな風に『魔法』を使う者たちを殺すしかなかった。

自分に対して向かって来る者たちを何度も殺してきた。

何度も、何度も、何度も。

何度も何度も何度も何度も何度も何度も何度も何度も何度も何度も──。

そんなことを数百年以上繰《く》り返し続けてきた。

だから何もかも消え去ってしまった。

多くの人間を殺し、その余波を受けたことで大陸は人の住めない地と変わり果てた。

「どうして、こうなっちゃったんだろう」

しかし、自分は一度としてそんなことを望んだことはなかった。

自分の望みは、いつだって一つだけだった──

「──エルリア」

その名を呼ばれて、ゆっくりと背後に首を向ける。

以前と変わらない、困ったような表情と共に微笑《びしょう》を浮かべる銀髪《ぎんぱつ》の男。

「どうしたの、お父さん」

「久々にお客さんが来たから呼びに来たのさ」

「………そう」

そう興味を失うようにして窓に顔を向けた直後──

エルリアたちのいる尖塔が、轟音《ごうおん》と共に大きく傾いた。

しかし二人は表情一つ変えることなく、瞬時《しゅんじ》に外へと転移する。


「――よお、五年ぶりってところだな」


そこには、大剣《たいけん》を携《たずさ》えた青年が立っていた。

赤焦《こ》げた色合いの長髪《ちょうはつ》をなびかせ、口端《つ》を吊り上げて笑う青年の姿。

だが、青年はすぐさま首を大きく傾《かし》げる。

「あー、待てよ？　今までの記憶《きおく》がある俺《おれ》にとっては五年ぶりだが、そっちからすると初対面だから名乗った方がいいのか？」

「別にどっちでもいい」

青年の言葉に対して、エルリアは淡々《たんたん》とした言葉を返す。

「――あなたは『英雄《えいゆう》』、それだけ分かればいい」

その言葉を聞いて、青年は歯を見せて笑った。

「そうだな。人類を救うために『魔王』を倒《たお》す存在——それこそが『英雄』に選ばれた者に与えられた宿命ってやつだ」

この数百年、エルリアに対抗《たいこう》できる人間は誰一人《だれひとり》としていなかった。

それでも、『英雄』たちは何度だって立ち向かってきた。

たとえ幾度《いくど》となく死を与えようとも、『英雄』たちは消えることがない。

全ての魔力《まりょく》と記憶を引き継《つ》ぎ、新たな人間を『英雄』に変えて何度でも現れ、人類の敵である『魔王』を殺すために現れてきた。

時には剣《けん》を極《きわ》めし者として、時には数多《あまた》の竜《りゅう》を従える者として、時には獣《けもの》の神力を宿す者として——数多の命を繋《つな》ぎ合わせて、『魔王』を倒して平和を取り戻《もど》そうとしてきた。

「だけど『魔王』に立ち向かうのが『英雄』ってのもおかしな話だよな。普通《ふつう》だったら勇者って呼ばれそうなものなのに——」

そう青年が軽い調子で口を開いた時——

「別にどうでもいい」

静かな呟きと共に、煌々《こうこう》と輝《かがや》く紅蓮《ぐれん》の炎《ほのお》が青年の身体を包み込《こ》んだ。

大気と地面を焼き尽くす業炎《ごうえん》。

普通の人間であれば一秒であろうとも原形を留《とど》めることができない一撃《いちげき》。

　しかし、『英雄』はそれだけでは終わらない。

「――くッは……初手から全力出し過ぎだろうがよ……ッ!!」

　衣服や皮膚《ひふ》の一部を溶《と》かされながらも、青年は生きて立っていた。

　代々積み重ねて魔力を変質させ、この世界の魔力ではない『神域』に存在するとされる魔力を自在に引き出すことができる唯一《ゆいいつ》の存在。

　その力を持つからこそ、『英雄』は人間でありながら唯一『魔王』に対抗できる。

　だが――それでも『魔王』には敵《かな》わない。

　今までの『英雄』たちがそうであったように、最後は『魔王』の手によって殺される。

　どれだけ代を重ねようとも、魔法という技術を極めた『魔王』に届くことはない。

「だけど、こっちも死ぬためにここまで来たわけじゃねぇんだよ……ッ!!」

　だというのに、その目は希望を見出《みいだ》そうとするように輝いている。

　身《み》の丈《たけ》ほどの大剣を握《にぎ》り締《し》め、何度でも現れて立ち向かってくる。

「――そんなの、どうでもいい」

　そんな諦観《ていかん》に満ちた言葉と共に、エルリアは静かに手を振《ふ》り上げる。

　何度立ち向かって来ようと、結果は何も変わらない。

　今までの過去が、決して変わることがないように。

だからこそ、エルリアは今までと同じように虚《うつ》ろな表情で手を振り上げたが——

「待て待て待て待てッ！　だから俺は戦うために来たんじゃねぇんだよッ!!」

その言葉を聞いて、ぴたりと手を止めた。

「ウォルスのおっさんッ！　ちゃんと『魔王』の嬢《じょう》ちゃんと話をつけたんだよなッ!?」

「彼女《かのじょ》に話をしようと思ったら君がいきなり尖塔をぶっ壊したんじゃないか。それと僕《ぼく》の娘《むすめ》の名前はエルリアだから、『魔王』なんて呼ばないでもらえるかな」

「おー、そりゃそうだな。名前ってのは大事なもんだし、他人に与えられた望まない名前で呼ばれるとか俺だって嫌《いや》だしな」

エルリアのことを放置して、青年は何か納得《なっとく》したように何度も頷《うなず》いていた。

そして——その手に握っていた大剣を地面に向かって突《つ》き刺《さ》す。

「そんなわけで、俺は嬢ちゃんに対して降参しにきた」

「…………降参？」

「おう。俺たち人類は嬢ちゃんに勝てない……たとえ偉大な『賢者』が生み出した『英雄』だったとしても、転生を繰り返して嬢ちゃんを追い越《こ》す前に人間は死滅《しめつ》する」

既《すで》に人類の生活圏《せいかつけん》は『魔王』によって大きく奪われており、現在ではその影響下《えいきょうか》から逃《のが》れている海向こうのレグネア大陸しか残されていない。

そして『魔王』によって生み出された使徒……『災厄《さいやく》』と呼ばれる異形《いぎょう》たちが活動範囲《はんい》を広げつつあり、やがてレグネアの地にも辿《たど》り着いて人間たちを滅《ほろ》ぼすだろう。

『英雄』は記憶や魔力を引き継いで転生を繰り返し、人間の身を超《こ》えて上限なく成長を重ねることができる存在だが……その対象は『人間』に限定されているため、人間種そのものが絶滅《ぜつめつ》すれば完全に消失する。

そして先ほど青年が言ったように、『英雄』の能力が『魔王』を上回るよりも早く人類は滅びを迎《むか》えることになるだろう。

「俺たちは自身の罪を受け入れる。『魔法』を創り上げた偉大なエルリア・カルドウェンという人物を欺《あざむ》き続け、その力を望まない形で私利私欲のために使っただけでなく……その恩恵《おんけい》をもたらした存在を『悪』に仕立て上げ、『魔王』と呼んできたことを謝罪したい」

そう、青年はエルリアに向かって静かに頭を下げた。

しかし――

「――そんなの、どうでもいい」

エルリアは虚ろな瞳《ひとみ》を向けながら言葉を返す。

「あなたたち人間が魔法を悪用したことも、わたしのことを『悪』と呼んで敵としてきたことも、あなたたち人間が死を受け入れるのも……もう、全部どうでもいいの」

それは本心からの言葉だった。

千年間、エルリアは負の感情に任せて多くの人間を殺してきた。

それを何度も繰り返し続け、その心を幾度となく擦《す》り減らし続け……もはや千年前に抱いていた怒《いか》りや憎《にく》しみさえも消えてしまった。

「全部、終わったことだから」

唯一残っている、どこまでも深い悔恨《かいこん》の念。

エルリアは「みんなが幸せに過ごせるように」と願って魔法を創り上げた。

しかし、その力によって人間は多くの命を奪った。

その事実が消えることはない。

そうして自分の願いが踏《ふ》みにじられたという事実が消えることはない。

たとえ魔法を悪用した人間を殺し尽くそうと、その事実を悔《く》いて人間たちが滅びを受け入れようとも変わることはない。

「だから、もういいの」

擦り減って消えかけている心と、何も変わらないという無力感に満ちた虚ろな瞳を向けながら、エルリアは何度でもその言葉を繰り返す。

だが——青年は口元に笑《え》みを浮かべながら告げた。

「それなら――全てをやり直せるとしたら、お前は何を望むんだ？」

そんなあり得ない言葉を青年は口にした。

その言葉に対してエルリアが静かに顔を向けると、青年はにかりと歯を見せて笑う。

「俺が言うのもなんだが、『英雄』ってのは世界の理外に存在する『神域』から魔力を引き出すブッ飛んだ魔法だ。それこそ魔法を究《きわ》めて不死身の存在に至った『魔王』でさえも触《ふ》れることができないほどのな」

遥《はる》か昔――二千年ほど前に『魔法』の原形とも呼べる技術を残した偉大な『賢者』がいた。

『英雄』と呼ばれる存在も賢者が考案したものであり、『魔王』に対抗するために過去の賢人《けんじん》から着想を得たセリオス連邦国《れんぽうこく》のライラス、レグネア民族国家のヤヒガシが膨大《ぼうだい》な時間と犠牲《ぎせい》を払《はら》って実現させた人類唯一の希望だった。

それは『人間』だけが扱《あつか》える特異な魔法の一種であり、魔法を創り上げて究めたエルリアでさえ扱えない唯一の魔法だった。

そして……エルリアが『魔法』を創り上げることができたのも、その偉大な『賢者』が残した知識から派生したものだった。

「俺たち『英雄』が死んだ際に起こる転生……そこから溢《あふ》れ出した『神域』の魔力を使え

ばお前という存在の時間を巻き戻せる。そうすれば最初からやり直すことができるはずだ」

そう語る青年の瞳に嘘《うそ》はなかった。

今まで見てきた人間たちと違って、その目には一切《いっさい》の濁《にご》りがなかった。

「彼《かれ》が言っていることは本当だよ、エル」

そう言って、静観していた父親が微笑《びしょう》を向けてくる。

「少なくとも、僕は彼の話を聞いて十分に可能だと判断した。だから僕は彼の提案を君に聞いてもらうために呼び寄せたんだ」

そう言って、父親は微笑《ほほえ》みながらエルリアの頭を撫《な》でるように手を動かす。

しかし、そこに生物らしい温《ぬく》もりや感触《かんしょく》は存在していない。

エルリアが我を失って破壊と殺戮《さつりく》の限りを尽くした後も、父親であるウォルスは何があっても傍《そば》にいて味方で在り続けると約束してくれた。

だからこそ、その身を捨てて『魂《たましい》』という存在だけに成り果てながらも、ウォルスは常にエルリアの傍にいてくれた。

「僕は君が誰よりも優《やさ》しい子だってことを知っている。そして……そんな子が怒りと憎しみによって多くの人間を殺して、その罪悪感に苛《さいな》まれて心を擦り減らして、何もかも失っていく姿を眺めることしかできないのが辛いんだ」

そう言って、感覚のない幻影《げんえい》のように揺《ゆ》らめく身体でエルリアを抱きしめる。

「だから……もう一度やり直そう。今度こそ君が望んだ願いを叶《かな》えられるように」

「わたしが……望んだ願い」

そうぼんやりと言葉を返しながら、千年前に抱いていた理想を思《おも》い浮かべる。

『魔法によって、誰もが幸せに暮らせる世界』

どこまでも幼稚《ようち》な願い。

しかし――エルリアが心から望んでいた理想。

そんなエルリアたちの様子を見て、青年はにかりと笑ってから大きく頷く。

「まぁ俺はここから先は不干渉《ふかんしょう》だが……後はウォルスのおっさんが色々と手立てを考えてくれているみたいだしな」

「ああ。ちゃんと君との約束……いや、『英雄』たちとの約束も守ると誓《ちか》うよ」

「そりゃなんとも心強いってもんだ。それなら俺も安心して死ねるってもんだぜ」

そう、青年は歯を見せながら晴れやかに笑う。

『英雄』の転生は死んだ時にしか起こらない。

つまり……青年は自らを犠牲にしてエルリアたちを送り出すということだ。

だからこそ、エルリアは何度も繰り返した言葉を口にする。

「どうして」

「うん？　なんだ嬢ちゃん、最後に告白でもしてくれんのか？」

「どうして、あなたはそこまでしてくれるの？」

今までの虚ろな瞳ではない、僅《わず》かに生気が宿った海色の瞳を青年に向けながら尋《たず》ねる。

そして、青年は変わらない笑みと共に答えた。

「どうしてって言われると、それが『賢者』の意志だと俺たちは考えたからさ」

「…………『賢者』の意志？」

「ああ。さっきも少しだけ言ったが……『賢者』が思い描《えが》いていた魔法が強い奴《やつ》を倒すための魔法だったら、『英雄』なんて名前は付けないって俺たちは思ったんだよ」

何度も転生を繰り返し、数多の人生を歩む中で、彼らも『英雄』という存在の意味について考えてきたのだろう。

「『英雄』ってのは何かを救うための存在なんだ。それは人や国だったり、場合によっては世界とかいう途方《とほう》もないほどデカイものだったり……そして、人類の敵と呼ばれて『悪』とされた一人の女の子だったりな」

そう語りながら、青年は大剣を地面から抜《ぬ》き放ってウォルスに放って寄こす。

「だから『賢者』――いや、俺たちを生んだ最初の『英雄』も同じ考えだと思ったんだ」

笑みを浮かべながら、自分たちに力を与えた者の想いを語る。

「絶対的な力によって、救われるべき者を救うための魔法……それこそが『英雄』であり、それを願って創り上げたんだろうってな」

そして、その想《おも》いを託《たく》すように青年は笑う。

「――だから嬢ちゃんのことを頼《たの》んだぜ、最初の『英雄』さんよ」

ウォルスが青年の心臓に大剣を突き立てた瞬間《しゅんかん》、視界が純白に染め上げられた。

言い知れない奇妙《きみょう》な感覚に包まれる最中、エルリアは一つの名前を思い出していた。

自分が『魔法』を創り上げようと思った発端《ほったん》の人物。

文献《ぶんけん》の端々《はしばし》から伝わる、自分と同じ願いを持っていたのだろうと思った人物。

その人物の名前は――

「――レイド・フリーデン」

そう、偉大な『賢者』として語《かた》り継がれる人物の名をエルリアは呟いた。

一章

「すぐに会いに行くって言っただろ――ウォルス・カルドウェン」

そうレイドは笑みを浮かべながら告げた。

その視線の先にいる――エリーゼ・ランメルという少女に向かって。

「つまらない嘘を並べ立てたり誤魔化《ごまか》そうとするのは無しにしてくれ。俺は当てずっぽうじゃなくて確信を持って訊《き》いているわけだしな」

レイドの自信と確信に満ちた笑みに対して、エリーゼは目を見開いて硬直《こうちょく》していた。

しかし……やがて、その目を静かに細めて雰囲気《ふんいき》を改めた。

「なるほど、確かに適当なことを言っているわけじゃなさそうだね？」

「そう言ってるだろ。さっさと何もかも説明してくれ」

「その前に……どうしてボクがウォルスだと分かったのか教えてくれないかな？」

「そりゃ絶対に確信できる情報があったからだ」

トン、とレイドは自身の耳を指先で叩《たた》く。

「俺は千年前に将軍とかいう立場にあったもんでな。他の奴らを統率《とうそつ》して管理し……それらを戦場で把握《はあく》するために、俺は他の奴らの『声』で個人を識別してたんだよ」

『声』には様々な情報が詰《つ》まっている。

個々によって変わる声の大小、高低、方言や訛《なま》り、細かな発声や発音の違い、その人間に見られる癖《くせ》など……その全てを把握して個人を特定して識別していた。

これは戦場だと僅かな情報や報告の漏《も》れが命取りになること、そしてレイド自身が強靭《きょうじん》な肉体に付随《ふずい》する鋭敏《えいびん》な五感を有していたからこそ可能だったものだ。

そして……声の大小や高低は意識的に変えることはできるが、身体に染《し》みついた発声や発音などは意識していても難しい。

まして、「相手が『声』によって個人を特定できる」という事前情報が無ければ、それらを意識的に変えるという考えにさえ至らないだろう。

だからこそレイドは意図的にウォルスを引きずり出す状況《じょうきょう》を作り出して、直接会話を交《か》わしてウォルスの発音や発声を聞き取れるように仕向けた。

そうして今まで聞いてきた人物たちの声と照らし合わせて、その中で最も多く合致《がっち》すると考えたのが――エリーゼ・ランメルだったというわけだ。

「それとアルマから聞いた話だと、お前は魔法だけでなく魔具《まぐ》作製の天才として数十年ほど技術水準を上げたそうだが……それが『未来の技術』だったら当然の話で、その端々からアルテインにあった『機械』に近しいものを感じ取ったのも理由の一つだ」

条件試験の際、レイドはアルマと共に教員用テントで生徒たちの様子を眺めていた。

その時にレイドは僅かに既視感《きしかん》を覚えていた。

複数の場面を分割《ぶんかつ》して映し出す様子は帝都《ていと》の治安維持《いじ》に使われていた『監視《かんし》装置』の画面を彷彿《ほうふつ》とさせるもので、装着した人間の居場所や動きを捕捉《ほそく》する様子は罪人や奴隷《どれい》に埋め込まれる『発信機』と酷似《こくじ》していた。

もちろん千年前にも存在していた技術なので、絶対に誰も思いつかない発想だとは言えないものだが……もしも製作者が「以前に見たことがある物を真似《まね》て製作した」と考えれば、既視感を覚えるほど似通うことも頷ける。

「どうせ黒幕は俺たちの近くにいるだろうとは考えていたしな。それなら俺たちと既に接触《せっしょく》している可能性も高いし、あとは直接『声』を聞けば終わりだったってわけだ」

「はぁ……そういえば前の時間軸《じかんじく》だと、君は技術開発に長《た》けた人間で『声紋認証《せいもんにんしょう》』とかも構想していたもんなぁ……。それを今世は生身でやるあたりデタラメだけどさ」

そう苦笑《くしょう》してから、エリーゼは静かに頷いて表情を改めた。

「分かった。約束したからには全てを隠《かく》さずに話すよ」

「それじゃ、最初にハッキリさせておきたいことがある」

そう――今まで静観していたエルリアが静かに手を挙げた。

真《ま》っ直《す》ぐ、真剣《しんけん》な面持《おも》ちでエルリアは尋ねる。

「まず、あなたは本当にわたしのお父さんなの？」

「……そうだね、ボクは君の父親であるウォルス・カルドウェンだと言えるかな」

「ん……それじゃ、それを踏まえた上で一番大事なところを訊きたい」

どこまでも真剣な表情で、エルリアは父親と名乗る少女を見つめ――

「お父さんは……実は女の子に憧《あこが》れていたから、今はフリフリの服を着てるの？」

ものすごく真面目な表情でエルリアは尋ねた。

「え、あ……んんんんッ⁉　いやちょっと待ってくれるかなッ⁉」

「お父さんが、フリフリの服を着た幼女になっちゃった……」

「よしッ！　まずはその誤解から解こうかなッ‼　そうじゃないとボクというかウォルスの父親としての沽券《こけん》に関わってきそうだからねッ‼」

パタパタと慌《あわ》てた様子で手を振ってから、エリーゼは軽く咳払《せきばら》いをした。

「えっとね、まずボク自身は『エリーゼ・ランメル』という一人のエルフであることは間《ま》違《ちが》いない。だけどボクは『ウォルス・カルドウェン』という存在の記憶も持っているんだ」

「……つまり、別人ではある？」

「ボク自身はちゃんと女の子だよ。『ウォルス・カルドウェン』としての記憶を受け継いで彼の記憶の影響は受けているけど、『エリーゼ・ランメル』としての記憶や人格が入れ替《か》わったわけじゃないということさ」

「つまり、お父さんに幼女に生まれ変わりたい願望や、女の子らしいフリフリの服を着たい願望はなかったということ……？」

「幼女って言うけど今はボクの方が年上なんだからねッ⁉　あとフリフリの服だってボクの趣味《しゅみ》じゃなくて、知り合いとか他の人たちが『エリーゼちゃんはお人形さんみたいだから似合うと思うんだー』とか言って渡《わた》してくるから着てるだけだよッ‼」

心外だと言わんばかりに、エリーゼがばんばんと机を叩いて抗議《こうぎ》する。それで渡された服をしっかり着ているあたり、なんとも律儀《りちぎ》で真面目な幼女だ。

しかし、『記憶継承《きおくけいしょう》』というレイドの予想は当たっていたようだ。

転生や時間遡行《そこう》が容易にできるものとは思えない。

それならば、もっと多くの存在が現代に転生していたり、未来から訪《おとず》れていても不思議ではないからこそ、別の手段で存在を維持しているのだとレイドは考察していた。

だが――新たな存在が現れたことで、その考察については揺らぎが生じている。

「とりあえず先に確認《かくにん》しておく。あの『災厄』を召喚《しょうかん》した奴らの詳細《しょうさい》についてと、どうやって未来から現代に渡ってきたのか教えてくれ」

滅んだ帝都で出会った、アルテインの紋章《もんしょう》を身に付けた人間たち。

そして――黒い甲冑《かっちゅう》を身に纏《まと》った白髪《はくはつ》の男。

そんなレイドの問い掛《か》けに対して、エリーゼは僅かに眉根《まゆね》を上げながら答える。

「君も察してはいるようだけど……彼らはボクたちがいる現代から見て、千年後の未来から来たアルテインの人間さ。ちょっと複雑だから先に説明させてもらうよ」

そう言って、エリーゼは手元にある紙に一本の縦線を走らせた。

「まず、これが最初にボクたちが辿った時間軸だ。この世界ではレイドくんは偉大な『賢者』として語り継がれていて、その『賢者』が遺《のこ》した知識から魔法や様々な機械技術が生まれた」

「レイドがすごく褒《ほ》め称《たた》えられている世界で嬉《うれ》しい」

「俺が『賢者』ねぇ……同じ俺だってのに、なんとも性に合わないことしてやがるな」

「そんなことない。レイドは賢《かしこ》い」

「おっと、二人がイチャつきそうな波動を感じ取ったから強制的に話を戻すよ」

こほんとエリーゼが話を遮《さえぎ》り、再び説明に戻った。

「そして『賢者』の知識を基《もと》にして、エルリアちゃんは今回と同じように『魔法』を創り上げたんだけど……最終的には世界を滅ぼすほどの強大な存在となって、このエトルリア大陸から人間種たちの大半を排除《はいじょ》する事態に陥《おちい》ったんだ」

「…………わたしが？」

「そうさ。君が他者のためを想って創り上げた魔法を使って……アルテインの人間たちは多くの命を奪い、大陸全土を支配するっていう裏切りを行ったのが理由でね」

唇《くちびる》を噛《か》み締めながら、エリーゼは『ウォルス』の見てきた光景を語る。

「当時のウォルスは、まだ幼かったエルリアちゃんに代わって魔法技術に関する仲介役《ちゅうかいやく》を担《にな》っていたんだ。アルテインに対して自分と娘の安全を約束させるためにね」

それについてはレイドも想像がついた。

アルテイン側において、エルフという種族は迫害《はくがい》の対象となっていた。

それだけでなく……人間と近しい見た目をしながら長大な寿命《じゅみょう》を持つ種族として、その身体を使って不老長寿《ふろうちょうじゅ》に関する研究を行ったり、一部の腐敗《ふはい》した者たちの間ではエルフの肉や骨に不老の効能があるというバカげた話を信じて非人道的な行いを取っていた。

その立場から逃れるために、ウォルスは『魔法』という対価をアルテイン側に提供することで自分と娘の安全を確保していたのだろう。

「だけど……ウォルスは娘が誰もが平和で暮らせるように『魔法』を創っていたことを知っていた。だからこそ自身が仲介役となってエルリアを外界から隔離《かくり》して、アルテインに渡した技術が何に利用されているのか知られないようにしていたんだ」

しかし、その事実をエルリアが知ってしまったのだろう。

自分の創り上げた『魔法』というものが、自身の望んでいなかった形で使われていたことを知ってしまったのだろう。

だからこそ――エルリアは世界を滅ぼすほどの存在に至ったのだろう。

「だけど、どうしてお前たちがアルテインに囚《とら》われたんだ？　ヴェガルタに所属していたわけだから出身も西部大陸のはずだろ？」

「うーん……そこも口頭だと難しいから紙に書きながら説明しようかな」

へにょりと口を歪《ゆが》ませてから、エリーゼは先ほどの縦線に三本の横線を入れた。

「この横線が千年単位だとすると、一番上が滅亡《めつぼう》寸前の未来で、一番下の線はレイドくんが生まれた時代、そして本来のボクたちは真ん中の時代に生まれた者なんだよ」

「あー……つまり、今でいうところの現代にエルリアたちは生まれたってことか」

「そういうことだね。ボクたちが生まれた時には既にヴェガルタは滅んでいたんだよ」

確かにレイドたちが戦っていた時代でも、ヴェガルタは『魔法』という新たな技術によって大国であるアルテインと拮抗《きっこう》していた。

しかし本来の時間軸だと『魔法』を創り出したエルリアが生まれたのは千年後であり、魔法という対抗手段を持っていなかったヴェガルタは侵略《しんりゃく》されて滅亡したのだろう。

「だからウォルスは自分たちが生まれた時代の千年前……レイドくんがいた時代であり、ヴェガルタが存続していた時代まで遡《さかのぼ》って、魔術《まじゅつ》の基盤《きばん》があったヴェガルタに『魔法』という技術を与えてアルテインに対抗する力を付けさせたわけさ」

そうしてウォルスは本来とは違う未来を作り上げた。

西部地域の人間も不老であるエルフたちを人外と恐《おそ》れて距離《きょり》を置いていたが、それらは適切な距離を保っていたとも言えるものであり、東部地域のように苛烈《かれつ》な迫害や非人道的な行為《こうい》も行われていなかった。

そしてアルテインという共通の敵がいたことでウォルスはヴェガルタに『魔法大国』としての役割を担わせ、その魔法を誰よりも正しい思想で扱う者……つまりエルリアの主導で普及《ふきゅう》させることによって、ヴェガルタに『賢者《けんじゃ》』という新たな象徴《しょうちょう》を据《す》えて思想を正しく継承《けいしょう》させたというわけだ。

「そもそも、お前たちはどうやって過去に戻ってきたんだ？」

「ああ……それは『英雄』の力を借りたんだよ」

「…………俺の力？」

「まぁ君の力という表現でも正しいかな。今の君が持っている力っていうのは、ボクたちの時間軸に存在していたレイドくんが考案していたものだからね」

そう、レイドのことを指さしながらエリーゼは笑《う》みを浮かべる。

「世界に多大な影響と恩恵を与えた偉大《いだい》な『賢者』……レイド・フリーデンが遺した文献の中には『英雄に至るための航路と条件』という草案があった。それを基にして元セリオス連邦国の首長であったライラス一族、並びにレグネア民族国家に所属していたトトリ・ヤヒガシの共同開発によって実現した魔法《まほう》――それが『英雄』と名付けられた魔法なんだよ」

その聞き覚えのある名前を聞いて、エルリアがぴくんと顔を上げる。

「ライラスって……ルフスの家名と一緒《いっしょ》だ」

「そうだね。ルフス・ライラスは『護竜《ごりゅう》』たちとの契約《けいやく》を交わす際、初めて世界の理外に存在する『神域』の干渉に成功した人物だった。そこにレグネアにおける禁呪《きんじゅ》研究の第一人者であったトトリ・ヤヒガシが着目して、魔法の共同開発を行ったんだよ」

「……それは、わたしに対抗するため？」

「それは――」

「大丈夫《だいじょうぶ》。ちゃんと全部説明して欲《ほ》しい」

そんなエルリアの言葉に押《お》し切られ、エリーゼは表情を強張《こわば》らせながらも頷いた。

「……魔法が普及した百年後に、当時のエルリアちゃんは隠されてきた事実を知ったことによって怒りと憎しみを抱いて大陸全土を瓦礫《がれき》の山に変えた。誰であろうと分け隔《へだ》てなく、平等に破壊《はかい》と死を与えて『エルリア・カルドウェン』は世界の敵になったんだ」

しかし、それでもエルリアを止めることは叶わなかったのだろう。

先ほどエリーゼは紙に線を引く際に「千年単位」だと口にしていた。

つまり、エルリアは九百年以上経《た》っても倒されることはなかった。

「そんなエルリアちゃんに対抗するために『英雄』という魔法は創り上げられたけど……その魔法は『神域』から抽出《ちゅうしゅつ》した魔力を利用して、『死んだ際に記憶と能力を次代に継承して人の身を超越《ちょうえつ》する』というものだった。最終的に『英雄』は五十代まで代替《だいが》わりしたけど、結局エルリアちゃんには及《およ》ばず、人類が存続できる時間も残されていなかった」

だから、とエリーゼは言葉を続ける。

「ウォルスは五十代目の『英雄』と取引を行ったんだ」

「……どんな取引だったんだ？」

「『英雄』が持っている膨大な魔力を使って、『魔王《まおう》』と呼ばれていたエルリアちゃんの存在そのものを回帰させることで排除するというものさ」

エルリアに視線を向けてから、エリーゼは静かに目を伏《ふ》せる。

「ウォルスは事実を隠していた贖罪《しょくざい》のために、たとえ世界の全てが敵に回ろうとも傍にいて味方で在り続けた。そして……エルリアちゃんが思い描いた理想と、それに反するように破壊と殺戮を行う罪悪感に挟《はさ》まれて徐々《じょじょ》に壊《こわ》れていく娘の姿を傍で見守ってきたんだ」

だからこそ、父親であるウォルスは娘を救うと決めたのだろう。

敵である『英雄』の力を借りてでも、再び娘を裏切ることになったとしても……大切な娘を救うことができる方法を選んだ。

それが――過去に戻り、世界の歴史そのものを改変することだった。

「幸いなことに『英雄』も自分たちの存在意義については疑問があったみたいでね。それでウォルスと『英雄』は結託《けったく》して、新たな時間軸を作ることにしたわけさ」

「……それが、今のわたしたちがいる世界？」

「そういうことだね。それでウォルスは過去に戻った後に裏で動き回って、ヴェガルタを魔法大国に仕立て上げ、エルリアの思想を正しく受け継がせて、アルテインという罪深い国の存在を抹消《まっしょう》したわけさ」

そうして世界の歴史は新たに作り変えられた。

以前とは違《ちが》う、かつてエルリアが思い描いていた理想を叶えるために。

だが、それだと説明が付かないことがある。

「それで歴史が変わったんなら……当然未来も変わっているはずだろ？　それなのにどうしてアルテインの残党なんかが現れたんだ？」

「そこも複雑だけど……世界の時間軸っていうのは大きな川みたいなものなんだよ」

そう言って、エリーゼは紙の上にもう一つ縦の線を引いた。

「大雨や地震《じしん》の影響によって川の流れが変わるように……歴史を作り変えるという大きな変化を与《あた》えたことで、その時間軸は独立して新たな流れを生み出す結果になった。つまり今の世界には二つの時間軸が同時に存在している状況なんだよ」

「それなら……今もお前たちが元々いた世界ってのは残っているわけか？」

「簡単に言えばそうだね。だけど……エルリアちゃんが世界から消えた後も、その時間軸は静かに滅亡へと向かっている。エルリアちゃんが創り上げた『災厄』たちによってね」

先日、東部海域に現れた『災厄』とでも呼ぶべき超大型魔獣《ちょうおおがたまじゅう》。

それらは常人どころか、卓越《たくえつ》した魔法技術を持つ特級魔法士たちであろうと恐怖《きょうふ》を抱き、戦慄《せんりつ》によって足を止めるほどの存在だった。

「たとえ最大の脅威《きょうい》であるエルリアが消えても、残された『災厄』たちは人類にとって容易に止められる存在じゃない。それこそ『英雄《えいゆう》』であっても撃退《げきたい》するのが関の山で、討伐《とうばつ》できた事例についても偶然《ぐうぜん》や運によって成功したようなものさ」

そんな存在が世界に蔓延《はびこ》っているのなら、遅《おそ》かれ早《はや》かれ人類の滅亡は訪れる。

だからこそ——残された人類も新たな選択《せんたく》を採ったのだろう。

「おそらくだけど、彼らの目的は向こうからボクたちのいる時間軸に移ることだ」

「そんなことできるのか？」

「絶対に無理とは言い切れないことだよ。それこそボクたちと同じように『神域』の魔力を使えば、どんなあり得ないと思えることだろうと実現できる可能性がある」

だけど、とエリーゼは表情を大きく歪ませた。

「ウォルスの記憶《きおく》だと、既にそんな方法は残されていないはずなんだよ」

「その『英雄』ってのは転生できるんだろ？　だったらお前たちが過去に戻った後、そこで新しい『英雄』が生まれたってことじゃないのか？」

「いや……その『英雄』も同じく過去に転生しているんだよ」

そう言葉を返してから、エリーゼは真っ直ぐ指さす。

「――その転生先が君だ、レイド・フリーデンくん」

そして、エリーゼは小さく息を吐《は》く。

「ウォルスが交わした取引の中には、『英雄』という魔法によって発生する転生先を意図的に指定して『レイド・フリーデン』という人間に宿すってことも含《ふく》まれていたんだよ」

「……その、転生先を指定するってのはなんだ？」

「『英雄』の魔法によって生じる転生っていうのは、現時点で素質がある者の中から自動的に選定するものなんだ。だけど、その転生先が『過去』になると膨大な人間が候補として挙げられて恣意的《しいてき》に宿ってしまう。つまり特定の人間に宿すことはできないんだよ」

それによってレイドの中にあった疑問の一つが解消された。

過去に戻《もど》ることができるなら、エルリアが世界を滅ぼすほどの力を付ける前に始末してしまえばいい。それが一番現実的で合理的な選択だろう。

しかし……その転生先が恣意的に選ばれるものだとすると、エルリアが存在している時間に転生できるとは限らない。

それこそ場合によっては想定していた以上の時間を遡ってしまい、『英雄』という魔法さえも消えて、エルリアに対抗《たいこう》できる唯一《ゆいいつ》の存在を失う結果に繋《つな》がる可能性もある。

「だけどウォルスにはそれが可能だった。エルリアちゃんと共に生きるために肉体を捨てて『魂』だけを世界に留《とど》めるという特異な立場に身を変えていたからこそ、転生した瞬間に他者へと移動する『英雄』たちの魂も捕捉できたってわけさ」

「ん……つまり、お父さんは『英雄』の魂の運搬《うんぱん》と案内役でもあった？」

「そんな感じかな。またエルリアちゃんが『魔王』と呼ばれる存在と化しても、過去に戻った『英雄』が成長を続ければ確実に超えることができる。たとえウォルスの計画が失敗しても、世界が滅亡するっていう最悪の事態は避《さ》けることができるようにしたんだ」

「……だけど、どうして未来の『英雄』は俺《おれ》を指定したんだ？」

「それは君が『英雄』という魔法を考案した張本人だからさ」

そう告げてから、エリーゼは指を立てる。

「未来の『英雄』たちは繰《く》り返される転生と引き継《つ》がれる記憶の中で、自身の役割と存在理由についての答えを見つけた。そして……その思想を最初に思い浮かべた人間であれば、人の身に余る力を手に入れても正しく扱ってくれると考えたんだろうね」

口元に微笑《びしょう》を浮かべてから、エリーゼはゆっくりと顔を上げる。

「そして実際に君は力に溺《おぼ》れることもなく、その魔法に冠《かん》された『英雄』の名に相応《ふさわ》しい存在として多くの人間を救ってみせた。彼らの判断は大正解だったわけさ」

「そいつはまぁ……期待に応えられたようで何よりだ」

苦笑を浮かべるレイドに対して、エリーゼは静かに頷《うなず》いてみせる。

「ボクからの大まかな話は以上だ。他に何か訊きたいことはあるかい？」

「それなら……千年前にエルリアが魔力《まりょく》を全て失った状態で死んだのは、アルテインの残党ってのが関わっているのか？」

「それについては間違いないと断言できる。魔力の抽出という技術自体が未来のものだし、千年前どころか現代でも確立されていないものだ。それに……強欲《ごうよく》なアルテインの人間だったら、エルリアの魔力を奪《うば》って自分たちの力にしようと考えても不思議じゃないしね」

「なるほどな。確かに俺が知っているアルテインの重鎮《じゅうちん》ってのもそんな感じだ」

そうレイドが同調して頷くと、エリーゼが思案するように顎《あご》を撫でる。

「だけど……さっきも言った通り、彼らがどんな手段を使って過去に戻ってきたのかボクも分かっていないんだ。なにせ『英雄』の継承先はレイドくんで、既《すで》に未来にいた『英雄』は存在していないわけだからね」

「それ以外に過去へと戻る方法ってのはないのか？」

「過去を遡る方法なんて何個もあるものじゃないよ。それができていたら、ウォルスだって『英雄』と取引をする必要もなかったわけで――」

「たぶん、禁呪を使ったんだと思う」

エリーゼの言葉を遮って、エルリアが軽く手を挙げながら頷く。

「わたしの推測だけど……禁呪っていうのは人間の命、正確には死者から抜け出した『魂』を利用して『神域』っていう場所に干渉するものなんだと思う」

「それなら、なんで俺は自由に力を扱えてるんだ？」

「ん……これも推測だけど、その『英雄』っていう魔法は正規の手段で『神域』に干渉できるようにするというか、その魔法自体が通行証みたいなものなんだと思う。だからレイドは自由に使えるけど、それ以外の人は強引《ごういん》にこじ開けるしかない」

「そんじゃ禁呪が失敗した際に起こる現象ってのは、無理やりこじ開けようとして漏れ出た魔力が意図しない形で作用したってところか？」

「うん。勝手に他人の家のドアを開けようとして、その家の人に怒《おこ》られちゃう感じ」

「ずいぶんと話のスケールが小さくなったな」

「でも、知らない人が勝手に家のドアを開けようとしていたら怒ると思う」

そうエルリアがふんふんと頷きながら力説する。おそらく本人は真面目に言っているのだろうが、例が日常的すぎて気が抜けてしまいそうだ。

しかし、そこでエルリアが表情を僅かに強張らせる。

「もう一つ、訊きたいことがある」

「…………何かな？」

「ルフスとトトリの二人に何をしたのか、正直に答えて欲しい」

ルフスは第三者の術式によって命を落としかけた。

そして先ほどの話では『英雄』という魔法を完成させるために、別の時間軸でルフスとトトリの二人が関与《かんよ》していたとも言っていた。

「その理由次第《しだい》では――あなたがお父さんの記憶を持っていたとしても許さない」

そうエルリアが僅かに怒気《どき》を孕《はら》ませると、エリーゼは目を伏せてから静かに答えた。

「ボクが行ったのは、二人の人生を無理やり捻《ね》じ曲げたってところさ」

「……それは、二人が『英雄』という魔法を作ったから？」

「ああ。この世界軸にはレイド・フリーデンという『賢者』は存在していない。だけどその二人については、以前と同じ状況のままだと『英雄』という魔法を創り上げる可能性が高かった。その背景には『最愛の存在の死』というものがあったからね」

ルフスにはラフィカという最愛の友がいた。

しかし『護竜』たちと契約を交わしたことによって、最愛の友であったラフィカは母親からは用済みだと見られて処分される寸前の状況でもあった。

そして――以前の時間軸では、それが現実となってしまったのだろう。

最愛の友であったラフィカを失い、ルフスは友人を蘇《よみがえ》らせることを望んだ。

それならば、その手段として禁呪に着目するのは必然と言っていいだろう。

そして、トトリにも別の未来が存在していたのだろう。

最愛の人間だった、サヴァドを蘇らせることができなかった未来。

それによってトトリは死者蘇生《そせい》の禁呪を求め続け、やがて同じ目的を持つ者同士として二人は出会い、最愛の存在を『転生させる』という方法に至って、最終的には『英雄』という魔法を創り上げることになったのだろう。

「どうしても二人には別の道を歩んでもらう必要があった。二人が望みを叶えるために協力して魔法研究を行い、新たな魔法や第二の『英雄』が生み出されるのを防ぐためにね」

その方法を知ることができれば、複数の『英雄』を用意することもできる。

そうすれば未来の世界で『災厄《さいやく》』に対抗することができるだけでなく……世界を壊した元凶《げんきょう》であり、過去に遡ったエルリアの存在を討《う》ち取ることも難しくない。

「だからボクはルフスくんから魔力を奪って、『護竜』との完全契約を果たせなくした。

そしてサヴァドくんには僅かな『英雄』の魂の残滓《ざんし》を与えて、その残滓によってトトリくんの禁呪が一度だけ成功するようにしたわけさ」

「……それについて、わたしはあんまり納得《なっとく》できない」

「そうだろうね。君はそういう子だし、言ってしまえば君や世界を守るために二人の未来を犠牲《ぎせい》にしたとも言えるからね」

「うん。だから二人が傷ついていい理由にはならない」

それによって、ルフスの寿命は本来よりも縮むことになった。

禁呪が成功してしまったことで、トトリは最愛の人間に対して罪悪感を抱くことになってしまい、その思考に苛まれ続けてきた。

「だけど……悪い未来ではなかったとも思ってる」

そう、エルリアは微笑を浮かべながら二人の姿を思い浮かべる。

寿命を失いながらも、ルフスとラフィカは互《たが》いの『魂《たましい》』を分け合うことによって共に在り続けることができるようになった。

罪悪感に苛まれながらも、トトリは最愛の人間であったサヴァドを蘇らせることができ、以前には叶わなかった二人で共に歩んでいく未来を得ることになった。

「だから、ちゃんと二人に全部話して謝《あやま》ったら許してあげようと思う」

「それが君の望みなら、ボクは誠心誠意をもって彼女《かのじょ》たちに謝罪しよう。だけど……それを行うためにも、先に片付けないといけないことがある」

そう言って、エリーゼは指先で机を叩く。

「レイドくん、君たちが旧アルテイン帝都で見たことを仔細《しさい》に教えてもらえるかな」

「俺が見たのはアルテインの紋章を身に付けた奴らと……そいつらに指示を出す白髪の男が、祭壇《さいだん》で味方を殺していた場面ってところだ」

「……なるほど。その祭壇や生贄《いけにえ》を奉《ほう》じる様子からして禁呪を用いたという推測は正しいようだけど、問題なのは『正しく禁呪を成功させている』という点だ」

「やっぱり、普通《ふつう》は狙《ねら》った通りにいかないものなんだよな？」

「さっきのエルリアちゃんの言葉を借りれば、禁呪は『神域』に不法侵入《しんにゅう》するためのものだからね。当然ながら行使した者たちの願いを叶《かな》えるはずがないし、だからこそ罰《ばつ》として大きな代償《だいしょう》を払《はら》うことになる」

しかし先ほどエリーゼは「『英雄』の魂の残滓をサヴァドに与えることで、トトリの禁呪を意図的に成功させた」と言っていた。

つまり『英雄』であるのなら、行使者の意図した結果を引き出すことができる。

「——それなら、あの傷野郎《やろう》が『英雄』ってのは間違いなさそうだ」

漆黒《しっこく》の甲冑を身に纏っていた白髪の男。

自身のことを『英雄』だと名乗り、レイドの大剣《たいけん》と似た戦斧《せんぷ》を掲《かか》げていた男。

「君たちの報告にあった白髪の男が本当に『英雄』なら、向こうは新たな『英雄』を生み出すことに成功したってことになる。どうやって魔法を解析《かいせき》して再現したのか、なんでこちらの世界軸にエルリアちゃんが生み出した『災厄』を送り込《おくこ》んできたのか……その詳細を明らかにして奴《やつ》らの対処を行わない限り、ウォルスの目的は果たされない」

時を遡ってまで、自身の娘《むすめ》を救おうとしたウォルスの想いをエリーゼは知っている。

そして、かつてウォルスが思《おも》い描《えが》いた幸せに過ごす娘の姿を目の前で見ている。

「だからボクは——ウォルスの記憶を継いだ者として、娘であるエルリアちゃんが幸せな人生を送れるように尽力《じんりょく》するつもりだ」

そう静かに答えてから、エリーゼは表情を和《やわ》らげて口端をにんまりと上げた。

「まぁ、既に半分くらいは叶ってるんだけどね？」

「……いや、なんでニヤニヤしながら俺たちを見るんだよ？」

「二人が仲良く過ごしてくれて嬉しいってだけだよ？　その様子からして二人の関係にも何か進展があったみたいだしね？」

頬杖《ほおづえ》をつきながら、エリーゼがにんまりと笑《え》みを向けてくる。

「今の君たちこそがウォルスの望んだ光景であり……今まで彼《かれ》の記憶を継いできた者たちの願いでもある。それをボクの代で見ることができたのが本当に嬉しいんだ」

そう、晴れやかな笑顔《えがお》と共にエリーゼは言う。

『英雄』と『賢者』の恋物語《こいものがたり》について、エリーゼは熱を込めながら語っていた。

それは全ての事情を知っていて、本来なら交じり合うことのない二人が共に歩んでいる姿を見ることができたという喜びもあったのだろう。

「これで重要なことは話し終わったけど、まだ訊きたいことはあるかい？　ちょっと総合試験の準備もあって時間がないから手短になっちゃうけど」

「ちゃんと総合試験は行われるんだな」

「そうだね。『災厄』の被害《ひがい》で東部地域にも多大な被害が出たから、今回は中止するって案も出ていたけど……人的被害が限りなく少なかったのと、被害地域の復旧と活性化のために執《と》り行うべきってことで、君から言われた通りボクから進言しておいたよ」

学院生は魔法士見習いとはいえ、少なくとも一般人《いっぱんじん》より魔法の扱《あつか》いに長けており、生徒たちの引率《いんそつ》を行う教員たちについては正式な魔法士でもある。

それらの人員を用いれば通常よりも早い復旧が見込《みこ》めるだけでなく、興行的な催事《さいじ》として周辺地域から見物客が訪れるようにすれば、被害地域の活性化にも繋がる。

　そして今回現れた『災厄』の追跡《ついせき》調査などを行う必要もあるため、試験が終わった後に大々的な調査を行う流れといったところだろう。

「まぁ君たちの総合試験については正式に免除《めんじょ》だ。担当する予定だった特級魔法士の二名が『試験の必要なし』と判断を下したし、今回の件を見れば誰《だれ》が見ても明白だ。だから総合試験の間はのんびり過ごしていていいよ」

「そうだな。何かあっても俺たちが自由に動けた方が対処しやすい」

「そういうことだね。まぁ君たちに丸投げするような形になっちゃうけど」

「そこについては気にしなくていいさ。少なくともお前は約束を守ったわけだし、その目的についても理解できた。それに俺たちは同意して協力するってだけだ」

「うん、わたしもそれで構わない」

　そう告げてから、レイドとエルリアは静かに立ち上がる。

「そんじゃ、あとは学院長として頑張《がんば》ってくれ」

「ああ……そっちも色々と大変なんだよねぇ……。今回の件を処理しつつ、ボクが他の学院も統括《とうかつ》して指示を出さないといけないし、なんかレグネアの重鎮が来るってトトリくんたちから連絡《れんらく》あったから人員の配置とか割合も変えないといけないしさぁ……」

　そんなことを呟《つぶや》きながら、エリーゼは遠い目でどこかを見つめていた。臨時の執務《しつむ》室《しつ》を丸ごと貸《か》し与えられているあたり、おそらくこれから山のような仕事の処理が始まるということなのだろう。

そうしてブツブツと何かを呟き始めたエリーゼを刺激《しげき》しないように、レイドたちは静かに執務室から退室していった。

二人で軽く胸を撫《な》で下ろしてから、レイドはエルリアに向かって尋《たず》ねる。

「それで、話を聞いてみた感想はどうだ？」

「ん……まだ、あんまり理解が追いついてないかもしれない」

そう言いながら、エルリアは少しだけ不安そうに眉《まゆ》を下げる。

「レイドが得意そうだから、ざっくりまとめて欲しい」

「エルリアは元々未来人だったけど過去に戻って『賢者』になって、俺は未来にいた『英雄』の力を宿していたから馬鹿げた力を使えて、それらに関連した奴らが襲撃《しゅうげき》してくるかもしれないから対処して守らなきゃいけないってところか？」

「なるほど、それで少し分かりやすくなった」

「まぁ、俺が訊《き》いたのはそういう意味じゃないんだけどな」

そう苦笑しながら頭を撫でると、エルリアも小さく頷いて見せる。

「お父さんは……前のわたしは色々な人たちを殺して、それでも怒《いか》りが収まらなくて世界中をめちゃくちゃにしたって言ってた」

そう語るエルリアの表情に驚愕《きょうがく》や戸惑《とまど》いは無い。

実際、千年前にエルリアは魔法を使って他者の命を奪っている。

たとえヴェガルタという国を守るという目的があったとはいえ、その力によって他者の命を奪ったという事実は変わらないだろう。

だからこそ、果てしない怒りを抱いて世界中の人間たちを殺し回ったという事実を聞いても、そういった一面が自分の中には存在しているとエルリアは正しく理解している。

「だけど、他人を傷つけたり支配する目的で魔法が使われたら許さないと思う」

『魔法』を創り上げた者だからこそ、その力が多くの命を奪える力だと理解していた。

だからこそ、以前のエルリアは果てのない怒りを抱いたのだろう。

容易に他者の命を奪うことができる力だと正しく理解していたからこそ、その力を殺戮《さつりく》と略奪《りゃくだつ》のために使ったことが許せなかったのだろう。

しかし――

「――だから、お前は必要以上に魔法を使わなかったもんな」

そんなエルリアに向かって、レイドは笑い掛けながら言う。

千年前にエルリアは魔法を創り上げ、その技術を洗練させて魔法士という存在を作り上げたが……それらは諸国を侵略して回っていたアルテインに対抗するためであり、自国を守るための防衛手段に留まっていた。

それこそ魔法という絶大な力を用いれば、戦線にいたアルテイン軍の人間だけでなく帝《てい》都《と》を陥落《かんらく》させることも容易だったはずだ。

レイドという人間を相手にする必要だってなかった。

いくら『英雄』と呼ばれる強大な力を持っていようと、結局のところは単独の戦力でしかなく、方法さえ厭《いと》わなければレイドの存在を無視してアルテインを攻略《こうりゃく》することも不可能ではなかったはずだ。

それでもエルリアは魔法という力を必要以上に振《ふ》るわなかった。

それだけでなく自身が教導した魔法士たちに、魔法によってアルテインを侵略するという行動に出ないよう徹底《てってい》させた。

それは——魔法を創り上げた際に抱いた、エルリアの願いがあったからだ。

「結局のところ、どっちもお前らしいってだけの話だ。魔法を悪用されて怒りまくったことも、俺みたいな奴と五十年も一緒に戦い続けて頑固《がんこ》に自分の想《おも》いを貫《つらぬ》き通したことも、根底にある部分は何一つだって変わってない」

俯《うつむ》いているエルリアの頭をくしゃくしゃと撫でながらレイドは言う。

「前回のお前は境遇《きょうぐう》とか他の人間のせいで、それしか選択肢《せんたくし》が無かったんだろうが……今回はたくさん選択肢があって、それらを正しく選び取っていったのが今のお前だ」

魔法という力によって、今の世界は以前とは比べ物にならないほど豊かになった。

多くの人間が魔獣《まじゅう》という存在に怯《おび》えることもなく、枯《か》れた大地で水を求めることもなく、寒さによって凍《こご》えることもなく、飢《う》えによって食物を渇望《かつぼう》することもない。

それらは全て――エルリアの生み出した魔法という力によって為《な》された偉業《いぎょう》だ。

その力を正しく使うことで、世界は大きく変わるとエルリアは証明してみせた。

エルリアが原初に抱いた想いは何一つとして間違っていなかった。

「だから――胸を張れよ、『賢者』エルリア・カルドウェン」

その想いを貫き、偉業を為した好敵手の名を呼ぶ。

そんなレイドの言葉を聞いて――

「――うん、すごいでしょ」

そう、エルリアは晴れやかな笑みと共に言葉を返した。

少しだけ涙《なみだ》が滲《にじ》んでいる目元を拭《ぬぐ》ってやってから、レイドは軽く息を吐く。

「しかしまぁ……これからはお前を怒らせないようにしないとな。せっかく平和な世界になったってのに、お前が暴れて世界が滅亡しちまったら勿体《もったい》ないだろうしよ」

「お、怒ってもそんなことしない……っ！」

「本当か？　だって俺に対しては遠慮《えんりょ》なく魔法を使ってただろ？」

「そ、それはレイドだったら大丈夫って思ったから……!!　わたしがレイドのことを信頼《しんらい》していたから、つい甘《あま》えちゃったみたいな感じのやつ……っ!!」

わちゃわちゃと手を動かし、エルリアが慌《あわ》てた様子で言葉を並べ立てる。甘えちゃって魔法をブチかましてくるところもエルリアのバイオレンスな一面だと思っておこう。

「まぁその魔法ってのも久しく受けてないわけだしな。次にお前の魔法を食《く》らうとしたら、俺たちが千年前の決着を付ける時で――」

「ん……それについて、わたしから言いたいことがある」

レイドの言葉を遮って、エルリアが小さく手を挙げる。

「――レイドとの戦いは、わたしの負け」

そう、ぺこんと頭を下げながらそんな事を言い出した。

「……………は？」

「決着を付ける前に、わたしはレイドに負けてる」

「……いや待て、俺たちの戦いはずっと引き分けだろ？」

「うん。六千三百二十九回の引き分け」

「よくスラッと数字を出せるな」

「千年前の戦いは全部引き分けだけど、それより前も含めたらわたしの負け」

「……………前？」

「うん」

少しだけ、嬉《うれ》しそうに口元を緩《ゆる》ませながらエルリアは言う。

「前のわたしは『レイド・フリーデン』の残した知識から魔法の着想を得た。つまりレイドがいなかったら、わたしは魔法を創り出していない」

「……いや、だけど今回は自力で創り上げただろ？」

「わたしはお父さんから魔術を学んだけど、既に魔法の知識を持っているお父さんが何も手を加えなかったとは断言できない。つまり独力で魔法を編み出したとは言えない」

ふんふんと頷きながらエルリアは言葉を続ける。

「それに……わたしはレイドが作ったっていう『英雄』のおかげで救われて、今の世界を生きている。つまりレイドがいなかったら、今のわたしは存在していない」

「そんな俺の知らない自分のことなんて――」

「以前と今のわたしは何も変わらないってことなら、別の時間軸《じかんじく》にいるレイドも今と変わらないってことになる。つまりわたしの圧倒的《あっとうてき》敗北と言える」

なぜか一人で納得したように、エルリアが深々と頷いていた。

まるで自分から負けを認めようとしている様子だ。

そして、エルリアはほんのりと頬《ほお》を染めながら表情を改める。

「わ、わたしの負けだから……その時に言おうと思っていたことが――」

「いや、その理論でいくと俺にも言い分がある」

「…………え？」

エルリアの言葉を遮《さえぎ》り、レイドはこれまでの出来事を振り返る。

「そもそもお前が本気を出していたらアルテイン軍は全滅《ぜんめつ》だっただろうし、お前の信条に助けられていたって考えたら俺は負けていたとも言える」

「そ、それはアルテインの敗北であってレイドの敗北じゃないと思うっ！」

「あと五十年の間でお前が色々と魔具《まぐ》を置いて行ったおかげで色々な調査が捗《はかど》ったけど、その借りを死ぬ前に返せなかったから負けになるんじゃないか？」

「わ、わたしだって他にもある！　遺跡《いせき》でしょんぼりしてた時、レイドに言葉を掛《か》けてもらったおかげで元気をもらったっ！　これも負けに含まれるかもしれないっ！」

「それを言ったら、お前が転生後に俺を探し出してくれなかったら再会することすらできなかったし、婚約《こんやく》を申し出てくれたおかげでカルドウェン家の立場を借りることができたわけだから総合的に見て俺の負けじゃないか？」

「なかなかに手強《てごわ》い……っ！」

レイドが言葉を返す度《たび》、エルリアがむむむと難しい表情を浮かべていた。

とりあえず、何やらエルリアが負けたがっていることは察した。

あと自分たちの決着が付いた時に何かを言うつもりだったことも理解したし、エルリアが頬を赤らめながら緊張《きんちょう》していた様子からして、内容についても大体察した。

だからこそ、レイドは口元に笑みを浮かべながら言葉を返す。

「このままだと、また引き分けで終わりそうだな？」

「他にもあるっ！　わたしがぽけぽけの時に色々お世話してくれたっ！」

「おー、そうきたか。それじゃ俺の力を聞いた時に色々と考察して答えてくれたってことで、相殺《そうさい》して引き分けってところだな」

「んと……ルフスを助ける時に手伝ってくれたっ！」

「俺は護竜の奴らと遊んでただけで、ルフスを助けたのはエルリアだしな」

「それなら……わたしも千年前のことを持ち出すことにする」

そうしてレイドは笑いながら言葉を返し、それに対してエルリアがふんふんとやる気に満ちた表情で今までにあった出来事を持ち出してくる。

互いに『負けた出来事』を持ち出すという奇妙《きみょう》な状況《じょうきょう》だったが……そんな他愛《たあい》のない会話すら心地《ここち》良《よ》いと思えてしまう。

そうして、エルリアとの負け合戦を繰り広げていた時――

「――レイド兄ちゃん、見つけたああああああああああッ‼」

廊下《ろうか》中に響《ひび》き渡《わた》る絶叫《ぜっきょう》と共に、レイドの背中が勢いよく蹴《け》り飛ばされた。

しかし寸前のところで蹴りを受け止め、そのまま襲撃者《しゅうげきしゃ》の足を掴《つか》んで引き上げる。

「……ステラ？」

「うんっ！　久しぶりレイド兄ちゃんっ！」

レイドに足を掴まれ、ぷらぷらと揺《ゆ》られながら黒髪《くろかみ》の少女がにかりと笑う。

「久しぶりに会った兄貴に突然《とつぜん》飛び蹴《げ》りをかますんじゃねぇよ。人違《ひとち が》いだと困るだろ」

「ふふんっ！　あたしがレイド兄ちゃんの後ろ姿を間違《まちが》えるわけないじゃんっ！　子供の頃《ころ》から毎日背中を蹴り飛ばすことを目標にしてたからねっ‼」

「おーおー、それじゃ昔みたいに足を掴んだままグルグルしてやる」

「やたーっ！　それあたしが最高にアホっぽく見えるから好きーっ‼」

足を掴まれてブンブンと振り回されているというのに、黒髪の少女……もといステラは嬉しそうにキャッキャとはしゃいでいた。

そんなレイドたちを見て、エルリアがこくんと首を傾《かし》げる。

「……レイド兄ちゃん？」

「おう。紹介《しょうかい》が遅《おく》れたけど俺の妹のステラだ」

「おおーっ、本物のエルリア様じゃんッ‼　握手《あくしゅ》しよう握手っ！」

「握手する前に自己紹介はしておけ」

「ステラ・フリーデン！　十五歳《さい》！　女！」

「ちゃんと名前は言えたから自己紹介と認定《にんてい》してやろう」

「いぇーいっ！　エルリア様と握手する権利をもらえたーっ‼」

「……えっと、よろしく？」

逆さまの状態でプラプラ揺れているステラを見て、エルリアが久々に人見知りを発動させてレイドの背後に隠《かく》れる。たぶん人見知りじゃなくても宙吊《ちゅうづ》りの状態で握手を求められたら誰だって同じ反応をするだろう。

「というか、なんだってお前がこんなところにいるんだよ？」

「総合試験っ！」

「つまり総合試験で訪《おとず》れる予定だったけど、俺がいるって聞いて予定より早めに来て飛び蹴りを入れに来たってわけか」

「うんっ！　だいたいそんな感じでオッケーっ！」

「それで、お前がここにいるってことは――」

そう口にしながら、ステラが飛んできた方向に視線を向けると――

「――おうおう、ステラのレイド探知能力は本当にすげぇな……」

寝癖《ねぐせ》だらけの黒髪を揺らしながら、白衣を着た青年が欠伸《あくび》をしながら歩いてくる。

当然、そちらもレイドの見知った人間だ。

「やっぱりエド兄さんも来てたのか」

「おお……なんだレイド、少し見ねぇ間に分身までするようになったのか？」

「もうちょっと目を開けたら一人に戻るから試《ため》してみてくれ」

「そんな無茶《むちゃ》言うんじゃねぇよ、利口な弟よ……こっちは毎日元気満点の妹の子守《こもり》をしながら教員補佐の仕事までしてんだ。ぶっちゃけ今すぐ寝《ね》てぇよ……」

「エド兄ちゃんっ！　まだ今日の模擬戦《もぎせん》三回しかしてないよっ‼」

「おうおう落ち着け、バトル大好きっ子。お前のバトルタイムと俺の睡眠《すいみん》時間を削《けず》って前乗りした目的を忘れたとは言わせねぇぞ」

「忘れたっ‼」

「ちくしょう……飛《と》び蹴りと一緒《いっしょ》に記憶まで飛ばしやがったか……」

そう気だるそうに無精髭《ぶしょうひげ》を撫でてから、エドワードはエルリアに頭を下げた。

「騒《さわ》がしくしちまってすみません、カルドウェン様」

「だ、だいじょうぶ、です……っ！」

「そりゃありがたい。それじゃサクサク自己紹介すると、私はそこにいる妙《みょう》に聞き分けがいい弟ことレイドの兄で、南部にあるメリディエン魔法《まほう》学院の担当教員補佐をさせてもらっているエドワード・フリーデンという者です」

「エ、エルリア・カルドウェンという者です……」

しっかり人見知りを発動させながらも、今までの経験が多少活《い》きたのか、なんとかエルリアは気力を振り絞《しぼ》って握手を交《か》わした。

「やべぇぞ妹よ、これは本物のエルリア様だ」

「おおーっ！　エド兄ちゃんが言うなら間違いないねっ！」

「普段《ふだん》は手が掛かるのに兄に対して信頼を寄せてるところが可愛《かわい》くて仕方ねぇな……」

「だけどエド兄ちゃん、本物のエルリア様ってことは噂《うわさ》も本当ってことだよね？」

「そういうことになるなぁ……こりゃ母がブッ倒《たお》れないか心配ってぇもんだ」

「……いや、どうしてそこで母さんの名前が出てくるんだ？」

「どうしても何も弟よ……お前は母に何て説明して家を出てきたんだ？」

「婚約したから当分戻れないって伝えたな」

「それを母はドッキリだと信《しん》じ込んでいる」

「そう返ってきた手紙には書いてあったな」

「しかしドッキリにしては家を空けている時間が長すぎるってことで、『あれ、これもしかして本当だったりする？』っていう考えに至ったみてぇでな」

「できれば最初から息子《むすこ》のことを信じて欲《ほ》しかったな」

「そんなわけで、母がパルマーレの近くまで来てる」

「………………は？」

思わず尋ね返したレイドに対して、エドワードは至って真剣《しんけん》な表情で頷いた。

「――嫁《よめ》と顔を合わせるまで、家には帰らないってな」

二章

　後日、レイドたちはパルマーレから二つほど南下した町に向かっていた。

「すごーいっ！　魔導車《まどうしゃ》とか初めて乗ったよ、エド兄ちゃんっ!!」

「妹よ……頼《たの》むから今は大人しくしてくれ。学院の仕事で扱ったことがあるとはいえ、お前が暴れて魔導車をブッ壊《こわ》したら兄ちゃんは一生タダ働きをすることになるんだ」

「運転してるエド兄ちゃんもすごーいっっ!!」

「そうやってお前が兄を褒《ほ》めるから、ついつい俺も甘やかしちまうんだろうが」

　助手席でキャイキャイと騒ぐステラに対して、エドワードがぐりぐりと頭を撫で回す。

　そして、エドワードが気だるそうな声で尋ねてきた。

「しかし……まさか弟が移動のために魔導車を持ち出して来る身分になってやがるとは、いまだに信じられねぇってもんだ」

「俺のじゃなくてヴェルミナン家から借りたやつだけどな」

「そんな誰でも聞いたことがある名家から気軽に借り物ができる時点でやべぇよ」

そうエドワードが疲《つか》れ切った溜息《ためいき》をつく。そう言えばファレグを雑に扱うようになっていたので忘れかけていたが、ヴェルミナン家もカルドウェン家に並ぶ名家だった。

「おまけに嫁さんはカルドウェンって、お前は前世でどれだけ善行を積んだってんだ」

「まぁ、そこは色々あるって話なんだけど……そもそも、どうして母さんがパルマーレまで来るって話になったんだ？」

「そりゃドッキリを仕《し》掛《か》けている最中だと思っていた息子が、いきなり新聞に超大型魔《ちょうおおがたま》獣《じゅう》の討伐者《とうばつしゃ》として載《の》ってたら慌てて確認《かくにん》するに決まってんだろ」

「ああ……それで兄さんたちに本当に俺なのか確認してもらったってわけか」

「そういうことだ。俺たちが総合試験でパルマーレに向かうのはステラが通信魔具で話していたし、教員補佐で学院関係者の俺なら確認できるだろうってことでよ」

「その連絡を待てずに近くまで来るってあたりが母さんらしいな」

「母じゃなくても当然だ。なにせ……超大型魔獣なんていう天災みたいな存在が事前観測もなく大陸付近に現れて、周囲に甚大《じんだい》な被害をもたらしたってんだからよ」

先日に現れた『災厄』による被害は、物的被害が大多数を占《し》めるだけで人的被害は過去の事例と比べても驚《おどろ》くほど少なかった。

しかし、「少なかった」というだけで犠牲者《ぎせいしゃ》は出ている。

そんな戦地となった場所に自分たちの子供がいると知れば、居ても立ってもいられないというのが親というものだ。

「まぁ俺《おれ》たちについては学院を立つ前で連絡が付いたし、お前については新聞に載るまでドッキリだと信じてたから心配より驚きが大きかっただろうけどな」

「母さんが『どうして新聞にうちの子が⁉』とか言ってるのが目に浮《う》かぶな」

「まさにそう言って新聞片手に村中を聞いて回ったみてぇだぞ」

「……村に帰るのが億劫《おっくう》になりそうだ」

「それもあるから近くまで来たのかもしれねぇさ。それと俺も訊きたいんだが――」

そう言って、エドワードは横目で後部座席を見る。

「…………………………」

そこには――緊張でカチコチになっているエルリアがいた。

ぴしーんと背筋を伸《の》ばして、両手をぎゅっと握《にぎ》り締《し》めながらぷるぷるしていた。

「俺の運転がへたくそでエルリア様が怒りに震《ふる》えてるとかねぇよな？」

「緊張して頭が真っ白になってるだけだと思うぞ」

「それは大丈夫《だいじょうぶ》って言えるもんなのか……？」

「おいエルリア、緊張してるみたいだけど大丈夫か？」

「にゅんっ！」

「大丈夫だってよ」

「弟よ……俺には返事じゃなくて鳴き声にしか聞こえなかったぞ」

「うちの嫁はたまに鳴き声を上げるんだ」

そう適当に言葉を返しながら、エルリアに向かって耳打ちする。

「……おい、本当に大丈夫か？」

「だっ、だだだっ、だだだだだっ！」

「そんな言語機能がブッ壊れるほど緊張することでもないだろ」

「だ、だってっ……これから、レイドのお母さんに挨拶《あいさつ》するから……っ‼」

顔をこれ以上ないほど真っ赤にしながら、エルリアがぶんぶんと首を横に振る。

言われてみれば、エルリアからすれば「婚約相手の親に挨拶をする」ということだ。

レイドも数ヵ月ほど前に経験したことだが、それなりに緊張したことを覚えている。

つまり、エルリアにとっては前代未聞《ぜんだいみもん》の一大事ということだ。

それ以上のことは平然とやってのけるのに、こういった事については変わらず緊張する
というのがエルリアらしい。

「今回だけは、何があっても失敗できない……っ！」

「そこまで気にする必要ないだろ」

「失敗はわたしにとって死と同義と考えて臨《のぞ》むべきだと思ってる」

「決死の覚悟《かくご》で挨拶に臨まないでくれ」

そう苦笑《くしょう》しながらエルリアの頭をぽんぽんと叩《たた》いてやるが、それでも緊張は収まらないのか、カチコチに固まったままだ。

仕方なく、レイドは助手席で忙《せわ》しなく周囲を見回しているステラに声を掛ける。

「ステラ、ちょっとエルリアと軽く話してやってくれないか。お前なら同性で年齢《ねんれい》も一緒だからエルリアも緊張しないだろうし、母さんと性格も似てるから参考になるだろ」

「お？　あたしがエルリア様とおしゃべりしていいのっ⁉」

「そりゃ構わねぇだろ。お前から見たら将来的には義姉《ぎし》になるんだからな」

「おおーっ！　つまりエルリアお姉ちゃんだっ！」

何かがステラの琴線《きんせん》に触《ふ》れたのか、瞳《ひとみ》を輝《かがや》かせながら身を乗り出してくる。

「へいへいエルリアお姉ちゃんっ！」

「な、なに……？」

「お姉ちゃんで返事してもらえたっ！」

「つい返事しちゃった……」

「いいじゃんいいじゃんっ！　あたしお姉ちゃんいなかったから新鮮《しんせん》っ！」

「わ、わたしは一人っ子だから……ちょっと慣れないかもしれない」

「うん……？　だけどレイド兄ちゃんが歳同じって言ってたから、もしかしてお姉ちゃんじゃない可能性がある……？」

「こ、今年でわたしは十六歳……っ！」

「あたしも今年で十六歳っ!!」

「わたしがお姉さんという可能性が潰《つい》えた……」

「あと誕生日は九月っ！」

「しかも十二月生まれのわたしが完全な年下と判明してしまった……」

「まぁあたしよりお姉ちゃんっぽいからオッケーっしょ!!」

「まさかの大逆転でお姉さんになれた」

「そしてエルリアお姉ちゃんを略してエルリアちゃんっ！　これによって義理の姉でありつつも同年代っぽい感じも出せるという完璧《かんぺき》な状況っ!!」

「もう分かっただろうが、うちの母親もこんな感じのノリと勢いで会話をしてくる。つまり深く考えるだけ無駄《むだ》ってわけだ」

「高度なアドリブが試される」

ステラと小さくハイタッチを交わしながら、エルリアがふんふんと頷《うなず》く。

これで多少なりとも緊張が解けてくれたらよかったが——

「あ、もう一つエルリアちゃんに訊きたいことあったんだっ！」

「ん……なんでも訊いて欲しい」

「ずばり、レイド兄ちゃんのどこに惚《ほ》れたのかっ!!」

そうステラが口にした瞬間《しゅんかん》、エルリアの表情がぴしりと止まった。

そして、徐々《じょじょ》にぽーっと顔が赤くなっていく。

「だってレイド兄ちゃん魔法使えないし身分だって違《ちが》うわけだから、エルリアちゃんの方から告白して婚約したってことでしょ？　やっぱり力が強いところに惚れたの？　それとも若いくせに年寄り臭《くさ》いところ？　あと飛び蹴りしても怒《おこ》らないところとか？」

「最後のやつで惚れるのはお前だけだろうが」

「うんっ！　だからレイド兄ちゃん好きっ！」

「ついでに言っておくと、エルリアもお前の飛び蹴りは受け止められるぞ」

「え、女の子に向かって飛び蹴りしたらかわいそうじゃん」

「たぶん他の奴らに飛び蹴りしてもかわいそうだと思うぞ」

「あたしの飛び蹴りは兄ちゃんたち限定だからねっ！」

そうステラが誇《ほこ》らしげに胸を反らす。つまり妹特有の愛情表現なのだろう。

「はいっ！　そんな感じでレイド兄ちゃんの好きなところをどうぞっ！」

「う……え……と……」

顔を真っ赤にしながら、エルリアがあたふたと顔を振る。

ステラと仲良くなりたいので質問には答えてあげたい。

しかし、レイドが隣《となり》にいるので答えるのが恥《は》ずかしい。

そんな感じで「どうしよう」と迷っているような様子だ。

本来ならレイドが助け舟《ぶね》を出してやるべきなのだろうが、この数ヵ月でエルリアも他人との会話に少しずつ慣れてきている。

どうせ母親からも質問攻《ぜ》めを受けることになるので、ここはエルリアの成長を信じて見守ってやるべきだろう。

そんなレイドの想いが通じたのか、エルリアはきゅっと口元を引き締め――

「――――ぜ」

「ぜ？」

「………ぜんぶ」

「もうちょっと頑張って言葉を絞り出してみよーっ!!」

「レイドの……全部に、惚れました……っ」

それだけを絞り出すように呟いて、エルリアは両手で顔を覆《おお》ってしまった。

身体を小さくしながら、ぷすーっと湯気が昇《のぼ》りそうなほど顔を真っ赤にしていた。

その様子を見て、ステラは満足そうに頷く。

「エド兄ちゃん!! エルリアちゃんはレイド兄ちゃんの全部が好きなんだってぇーッ!!」

「妹よ…… いきなり窓を開け放って叫《さけ》んだら俺の心臓がビックリしちまうじゃねぇか」

「だけどエド兄ちゃんの鼓膜《こまく》が破れないように配慮《はいりょ》したっ!!」

「妹の気遣《きづか》いに思わず心が温まっちまいそうになったが、そのせいでエルリア様が今にもブッ倒《たお》れそうになってるから静かに座《すわ》っておけ」

ステラが外に向かって大々的に叫んだせいか、エルリアが身体をぷるぷると震わせながら丸くなってしまっていた。どうやら羞恥心《しゅうちしん》が限界を迎《むか》えると、身体を丸めてしまうという性質を持っていたらしい。

「次っ！　レイド兄ちゃんはエルリアちゃんのどこに惚れたのか答えよっ！」

「そりゃ全部に決まってんだろ」

「表情から声音《こわね》に至るまで一切《いっさい》の変化を見せることなく答えてきた……ッ!?」

「事実だから普通《ふつう》に答えただけだろうが」

「ほえー……なんかレイド兄ちゃん変わったね？　なんか昔から悟《さと》ってた感じというか、あんまりそういうこと言わなそうって思ってたのに」

「そりゃ昔と違って、今はこいつが隣にいるんだ」

笑《え》みを浮かべながら、レイドはエルリアの頭に手を乗せ──

「──俺の全部に惚れたって言うなら、こっちも同じくらい応えてやりたいだろ」

それが当然と言わんばかりにレイドは答える。

エルリアから直接言葉を伝えられたことこそ無かったが、その気持ちについては傍《そば》で見ていただけでも十分なほどに伝わっている。

それこそ──千年前の時から伝わっている。

そして、転生という形で願いを叶《かな》える機会が与《あた》えられた。

決着を付けるという話で関係が始まったり、転生した経緯《けいい》や理由などを調べるといったことがあったせいで遠回りはしていたが……その全てが終わったら、その気持ちに応えてやりたいと心の中で思っていた。

もっともレイドが口を滑《すべ》らせたことで破綻《はたん》したが、それはそれで構わないだろう。

昔と違って、今は一緒に歩いていくことができるのだから――

「――って熱ッ⁉　おい待てエルリア本当に大丈夫かッ⁉」

「あううう…………？」

尋常《じんじょう》じゃない熱を感じてエルリアを抱《だ》き起こしてやると、頭に血が上《のぼ》りすぎて限界を迎えたのか、顔を真っ赤にしながら目をぐるぐると回していた。

もう完全にフラフラの状態だった。

「わたしも、全部に惚れられていた……っ⁉」

「それがトドメになったのかッ⁉」

「エド兄ちゃぁーんッ‼　レイド兄ちゃんがエルリアちゃんにトドメ刺《さ》したーッ‼」

「落ち着け弟妹《ていまい》、俺が運転で目を離《はな》せない時に面白《おもしろ》いことするんじゃねぇ」

そうしてレイドたちが騒ぐ中も、魔導車は目的地に向かって走り続ける。

その道中でレイドは固く心に誓《ちか》った。

全力で応えるとエルリアが倒れるので、それなりに応えた方がいい。

◆

エルリアが目を覚ました頃に、ちょうど魔導車も目的地に到着《とうちゃく》した。

港湾《こうわん》都市であるパルマーレほど栄えている様子はないが、通商や輸送の中継《ちゅうけい》地点になっているからなのか、他の町と比べても人通りが盛《さか》んで活気にも溢《あふ》れているように見える。

そんな町の様子を眺《なが》めていると、レイドが眉根《まゆね》を寄せながら顔を覗《のぞ》き込《こ》んでくる。

「……エルリア、もう熱とかは大丈夫なのか？」

「ん、すごく元気」

「確かにブッ倒れて目を回していたようには見えないな」

「むしろ血の巡《めぐ》りが良くなって身体がぽかぽかになって、それが徐々に引いていったことによって極《きわ》めて冷静な状態になったとも言える」

レイドの心配を払拭《ふっしょく》するために、ふんふんと力強く頷いてみせる。

自分でも倒れてしまったのは意外だったが、ずっと横になっていたので体調は完全に戻《もど》っている。

むしろレイドに膝枕《ひざまくら》をしてもらえて、普段よりも元気というのは内緒《ないしょ》だ。

「だけど……あんまり嬉しいことを言われると、また倒れるかもしれない」

「斬新《ざんしん》な理由の脅《おど》し文句《もんく》だな」

「ほ、本当にすごく嬉しいけど……いっぱい倒れたらレイドにも迷惑《めいわく》が掛かるし、他の人にも心配を掛けちゃうことになるから……っ！」

「分かった分かった。俺は迷惑だとか思わないけど、お前が倒れたりすると他の奴《やつ》らが心配するってのには一理あるしな」

そう苦笑しながら、レイドが大きな手で頭を撫《な》でてくる。それもまた嬉しいのだが、また顔が熱くなってしまいそうなので困る。

最近のレイドは、以前と比べて色々と素直《すなお》になった気がする。

前は意識的に言葉を選んでいた様子もあったが、先ほども魔導車の中でエルリアのことを「嫁」と兄妹《きょうだい》に紹介していたりと、そんな意識の壁《かべ》が取り払《はら》われたような印象だ。

おそらくリビネア砂漠《さばく》の一件が影響《えいきょう》しているのだろうが……エルリアからすると不意に嬉しくなってしまうので少し困ってしまう。

しかし、今日だけはシャッキリしていなくてはいけない。

「んっ！」

「おう、なんでいきなり顔を叩き出したんだ」

「思い出し赤面を防ぐために気合を入れた」

「叩いたせいで頬が赤くなってるけどな」

てちてちと頬を叩いて、なんとかエルリアは自身を奮い立たせる。

これからレイドの母親に会うのだから、いつも以上に気を引き締めなくてはいけない。

自分が婚約しようと口走ってしまったせいで、当時のレイドには大きな負担を強《し》いる形となってしまったが、それをしっかりと果たして母であるアリシアから承諾《しょうだく》を得た。

それならば隣に立つ身として、エルリアも自分の役割を果たさなくてはいけない。

それで最終的に両家の合意を得ることができれば、自分たちは晴れて——

「〜〜〜〜〜っっ!!」

「おう、突然《とつぜん》首を振り始めてどうした」

「ね、熱を冷まそうとしてるっ！」

「たぶん遠心力で余計に血が上るからやめておいたほうがいいぞ」

ぶんぶんと頭を振っていたら、レイドにがっちりと頭を固定されてしまった。

そうしてレイドに頭を持たれたまま、待ち合わせの場所に向かっていた時——

「——レイドッ!!」

そう呼びかける声と共に、一人の女性がこちらに向かって駆《か》け寄ってきた。

「まったくっ！　ドッキリの信憑性《しんぴょうせい》を上げるためだからって数ヵ月も帰らないでっ!!」

「いやドッキリじゃないし、事情については手紙で説明しただろ」

「何言ってるのよ⁉　いきなり貴族の御令嬢《ごれいじょう》さんに一目惚《ひとめぼ》れされて、そのまま婚約することになって、魔法を使えないあんたがヴェガルタの魔法学院に通うことになったとか、どこから聞いてもドッキリに決まってるじゃないッ⁉」

「改めて言葉にされると、確かに疑われても仕方ない話だよなぁ……」

腰《こし》に手を当ててぷりぷりと怒る女性に対して、レイドが苦笑しながら頭を掻《か》く。見た目は若く見えるが、どうやらレイドの母ということらしい。

そして、そんなレイド母がくるんと顔を回してエルリアを見る。

「あら、そちらの可愛らしいお嬢《じょう》さんは？」

「は、初めまして……っ！」

「ああッ！　なるほど、ステラのお友達ってことねっ！」

納得《なっとく》したように手を打ってから、レイドの母親は嬉しそうに笑いながら手を取った。

「私はこの子たちの母親のカエラ・フリーデンです。あなたのお名前は？」

「エ、エルリアです……っ！」

「エルリアちゃんっ！　私はあんまり魔法の歴史には詳《くわ》しくないのだけど、たしか千年前の賢者《けんじゃ》様と同じ名前だったわよね？　すごく縁起《えんぎ》が良くて素敵《すてき》だと思うわっ！」

そう言って、レイドの母……カエラは手を取ってぶんぶんと握手を交わしてくる。なんというか、笑顔《えがお》や雰囲気《ふんいき》がステラと似ているので母というより姉に見えるくらいだ。

「そ、それと家の名前はカルドウェン、です……」

「あらあら、お家の名前まで教えてくれるなんて本当に礼儀《れいぎ》正《ただ》しい子ねぇ。しかもレイドの手紙に書いてあった貴族の家名と同じ——」

そこまで口にしたところで、カエラの表情がぴしりと固まった。

「………………まさかッ⁉」

「ここまで本気でドッキリだと信じていた母さんが心配でたまらない」

「こんな可愛い子がレイドに一目惚れして婚約を申し出たって、あんたは前世でどれだけの善行を積んだって言うのよッ⁉」

「エド兄さんと同じようなことを言うあたり親子の絆《きずな》を感じるな」

「さすがエドワード、私のワードセンスを受け継《つ》ぎし者ってことねッ‼」

驚愕《きょうがく》と共に震えていたカエラだったが、けろりと表情を変えて誇らしげにエドワードの肩《かた》をぽんぽんと叩いていた。すごくコロコロと表情が変わる人だ。

「これは、今すぐフリーデン家の緊急《きんきゅう》会議を開くしかないわねッ‼」

「母よ、俺らは既《すで》に知ってるから何も話すことはねぇぞ」

「うんっ！　エルリアちゃんは魔法士たちの間じゃ有名だしねっ！」

「私以外が周知している、つまり私以外の全員でドッキリを仕掛けようと……ッ⁉」

「頼むからドッキリの可能性は捨ててくれ。俺はカルドウェン家に対して挨拶を済ませてあるし、向こうの両親にも婚約については承諾してもらった」

「そんなの私は聞いてないわよッ⁉」

「そりゃ手紙で知らせたからな」

「あらやだ、上手《うま》く返されちゃったわ」

「それと説明は全員が揃《そろ》った後にしてくれ。そろそろ約束した時刻だからな」

そうレイドが告げた直後――一台の魔導車が眼前で止まった。

そして、客室から一人の女性が下りてくる。

「――どうやら、私たちが最後だったようね」

凛《りん》とした声音と共に、煌《きら》びやかな銀色の髪《かみ》をなびかせる。

その女性の後に続いて、頭と背を丸めながら大柄《おおがら》な男性が下りてきた。

「いやあッ！　遅れてすまないッ‼　私の体重が重すぎて速度が出なくてなあッ‼」

周辺にいた人々が振《ふ》り返るほどの大音声《だいおんじょう》を発しながら男性は豪快《ごうかい》に笑う。

そんな二人の姿を見て、カエラは不思議そうに首を傾げながら尋《たず》ねる。

「えっと……レイドのお知り合いの方かしら？」

「ええ、初めまして。そちらはフリーデン夫人でよろしいかしら？」

「あらやだ。夫人なんて初めて呼ばれちゃったわ」

「これは失礼。こちらでは一般的《いっぱんてき》な呼び方だったものですから」

「そんなに畏《かしこ》まらなくても大丈夫よ？　私なんてそこらへんの田舎《いなか》にいるおばさんなんだから、気軽にカエラちゃんって呼んでくれてもいいんだからっ！」

「ではカエラさんとお呼びしましょう」

「もしかしてエルリアちゃんのお姉さんかしら？　それなら同じ貴族様ってことになるし、私の方が言葉遣《ことばづか》いを直さないといけないわねっ！」

「普段通りの言葉遣いで構いませんよ。それと私はエルリアの母です」

「………………母？」

ぽかんと口を開けるカエラに対して、銀髪《ぎんぱつ》の女性――アリシアは静かに名乗る。

「私は二十五代目当主アリシア・カルドウェン、こちらは夫であるガレオン・カルドウェン、此度《こたび》はフリーデン家の子息であるレイドさんに呼ばれて挨拶に参りました」

そうして、アリシアは洗練された動作と共に軽く頭を下げてから――

「──それでは、両家の顔合わせを行いましょう」

呆然《ぼうぜん》としているカエラに向かって淡々《たんたん》と告げた。

◆

アリシアたちが合流した後、一同は予約していた料理店の個室に通された。

その個室は店内の中でも特に気を配っているのか、塵《ちり》や埃《ほこり》があるどころか隅々《すみずみ》にまで清《せい》掃《そう》が行き届いており、個室まで続く廊下には豪奢《ごうしゃ》な絨毯《じゅうたん》や調度品が飾《かざ》られている。

「……レイドくん、呼び出すにしても次からは余裕《よゆう》を持って連絡《れんらく》してちょうだい」

「ご足労いただいてすみません、アリシアさん。婚約の件については手紙で伝えていたんですが、どうにも信じていないようだったので確実な方法を取りたかったんですよ」

「ああ……そういえば手紙の返信をもらっていた時にそんな話をされたわね。確かに話が急すぎて疑いたくなる気持ちも分かるけれど」

「うんッッ!? そちらの少々顔色の悪い御仁《ごじん》がレイドくんの父君かなッッ!?」

「いえ……私はレイドの兄のエドワード・フリーデンです。父のサイラスは現在西方のセリオスにて商談を行っている最中でして、どうしても都合を合わせることができなかったことから、後日直接カルドウェン家にご挨拶に伺《うかが》うと伝言を預かっております」

「なるほどッッ!! 今回は急な話だったので仕方ないなッッ!! しかし仕事に対する勤勉な姿勢や丁寧《ていねい》な対応から良識人であることが窺《うかが》えるッッ!!」

そうしてフリーデン家の男性陣《だんせいじん》が応対している最中――

「ステラ……ッ! 今日はおとなしくしているのよ……ッ!?」

「オッケーっ! それじゃあたしは適当にごはん食べてるっ!!」

「待ちなさい、たぶん食事にも作法があるわッ!! なんかテーブルの上に今まで見たことないくらいナイフとフォークが置かれているものッ!!」

「ねえねえエルリアちゃん、これって使う順番みたいなものあるの?」

「えと……わたしも詳しくないけど、外側から使っていけば大丈夫」

「あらまあ、これ一つずつ使っていく物なのね。お母さんてっきりお気に入りのマイベストを選んで愛用するのかと思ってたわ」

そしてエルリアはフリーデン家の女性陣《じょせいじん》にカトラリーの説明をしていた。

そうして両家が入り交じる中、アリシアが静かに口を開く。

「さて……それではカエラさん、改めて話を進めてもいいかしら」

「どうぞお進めなさってくださいませッ⁉」

「……普段通りの言葉遣いで構わないわ。そちらはこういった場に不慣れでしょうし、私が口調を崩《くず》して話をするから畏まる必要もないわ」

「え……それなら、アリシアちゃんって呼んでもいいのかしらっ⁉」

「その距離《きょり》の詰《つ》め方《かた》は想定していなかったわ」

「だって見た目が若くて美人すぎるんだものっ‼　もちろん『アリシアさん』って呼ぶのが正しいのだろうけど、すごく綺麗《きれい》で凛としている雰囲気の中に少しだけ少女らしい面影《おもかげ》も残っている。だからこそ私は『アリシアちゃん』と呼びたいわっ‼」

「……もう好きなように呼びなさい」

「はい、それじゃアリシアちゃんに決定ねっ！」

ニコニコと満足そうに笑うカエラを見て、アリシアが押《お》されて身を引いていた。

他の貴族や名家に対してもカルドウェン当主として毅然《きぜん》とした態度を貫《つらぬ》いていたというのに、今はカエラの独特な雰囲気に呑《の》まれて完全に押されていた。これは強い。

「それで、婚約《こんやく》の件については真実だと納得してもらえたかしら」

「そうねぇ……さすがに田舎住まいの主婦にドッキリを仕掛けるために高名な貴族の方が

協力するとは思えないし、とりあえず信じちゃっていいのかしら？」

「ええ。婚約にあたってレイドくんには他者が認めるほどの成果を挙げるという条件を出していたけれど、先日の超大型魔獣討伐《ちょうおおがたまじゅうとうばつ》の一件で想定以上の成果を挙げてくれた。今では私たちの方から頭を下げてお願いしたいくらいの立場よ」

一応、討伐の功績についてはエルリアとレイドの共同といった形だが、その場にいた魔法士たちの多くがレイドの活躍《かつやく》を目撃《もくげき》している。

たとえ魔法内容が不明であったり、家柄《いえがら》を不安視する声があったとしても、「学院在籍《ざいせき》中に超大型魔獣を討伐した」という功績は補って余りあるほどの戦果だ。

「……まぁ、こちらとしては総合試験の結果とかで判断するつもりだったのだけど」

「申し訳ない、色々あって殴《なぐ》り飛ばす必要があったもんで」

「そんな理由で天災級の魔獣《まじゅう》を狩《か》らないでちょうだい」

呆《あき》れた表情を浮かべるアリシアとは対照的に、ガレオンは誇らしげに笑う。

「しかし本当に素晴《すば》らしいッッ!! 過去には一級魔法士で編成された師団さえ全滅《ぜんめつ》した事例があるというのに、既に特級魔法士と同等の実力ということなのだからなッッ!!」

「そうそうっ！ あたしはずっとレイド兄ちゃんが一番強いと思ってたもんっ!!」

「ハッハッハッ!! フリーデン家のお嬢さんの言う通りだッッ!! レイドくんの実力を既

に見抜《みぬ》いていたのなら、君も素晴らしい魔法士になることだろうなッッ!!」

「もちろんっ!! 毎日レイド兄ちゃんに飛び蹴り入れるために鍛《きた》えてたからねっ!!」

「うむッッ!! 正式な魔法士になった暁《あかつき》にはぜひ私の下に来てくれたまえッッ!!」

何か二人の間で共鳴したのか、ガレオンとステラが熱く握手《あくしゅ》を交わしていた。たぶん性格とか本質的な部分が似ているのだろう。

「そういうことだから、こちらは二人の婚約だけでなく結婚《けっこん》についても全面的に認めるといった立場を取らせてもらうわ。結婚式《けっこんしき》等の今後掛《か》かる費用についてはカルドウェン側で負担するし、フリーデン家側から何か条件があっても受けさせていただく予定よ」

「なるほど……とりあえずお母さんにも理解できちゃったわ」

アリシアの言葉に対して、カエラはこくこくと何度か頷いて見せる。

そして――

「それじゃ、お母さん反対しちゃおっかしら？」

そう、笑顔でカエラは言葉を返した。

「レイドは人から褒められることもしたけど、危ないこともしたのよね？」

「それで結婚を納得するのはお母さん違うと思っちゃったわね。なんかお金のために大事な息子を渡《わた》しちゃうような気分になっちゃったんだものっ！」


「あー……まあ見方によってはそうだな」

「それじゃお母さんに黙《だま》って危ないことをしたから減点っ!!」

「確かに伝えたのは婚約の件だけで、危険が伴《ともな》うってのは言ってなかったな」

「それと色々とカルドウェンさんに良くしてもらえるっていうのは分かったけど、それで結婚を納得するのはお母さん違うと思っちゃったわね。なんかお金のために大事な息子を渡《わた》しちゃうような気分になっちゃったんだものっ！」

「……そういった意図はなかったけれど、そう聞こえてもおかしくはなかったかしら」

「でしょうっ⁉ だから今のままだとお母さんは反対かしらねっ！」

腰に手を当て、頬《ほお》を膨《ふく》らませながらカエラが反対表明をする。

しかし、カエラが言いたいことも分からなくはない。

しばらく家を空けていた息子が知らないところで危険な目に遭《あ》っていて、久しぶりに会うことができたと思ったら身分に差のある相手から「お金は全て出すから息子をください」と言われたのだ。事実ではなかったとしても親としては良い気分ではないだろう。

「私ね、レイドには本当に幸せになって欲しいの。だって……私がちゃんと普通の子として産んであげられなかったせいで、魔力《まりょく》を持たない子として色々と苦労させせちゃったから」

そう、少しだけ申し訳なさそうにカエラは言う。

傍《はた》から見れば、レイドは「魔法《まほう》が一切使えない人間」としか見えない。

魔法が使えない、魔力が使えない、魔具《まぐ》さえ満足に扱《あつか》えない……それは魔法至上主義の世界では致命的《ちめいてき》で、それによってレイドにあった無数の未来は閉ざされてしまっていた。

だからこそ、カエラは母として責任を感じていたのだろう。

「だけど私も本気で反対しているってわけじゃないの。前に会った時よりもレイドの雰囲気が柔《やわ》らかくなった気がするし、村で何か物足りないように毎日を過ごしていた時と違って、なんだか楽しそうにしているなって思うもの」

それは母親として今までレイドのことを見てきたからこそ、レイドの中に生まれた些細《ささい》な変化すらも感じ取ることができたのだろう。

「ねえレイド、あなたは今楽しい？　結婚したら幸せだって思える？」

「……ああ、もちろんだ」

「はいっ！　それじゃレイドの方はそれでいいかしらねっ！」

そう笑ってから、カエラはエルリアに対して向き直る。

「それじゃ次はエルリアちゃん。私の方から一つだけ条件を出してもいいかしら？」

「………………はい」

「レイドのこと、誰《だれ》よりも幸せにしてあげてくれるかしら。それだけがお母さんの望みで、他には何も必要ないから」

そう母親としての願いを託《たく》すようにカエラは告げる。

だからこそ、エルリアは大きく頷いてみせる。

「はい」

背筋を伸ばし、自身の意思を示すように返事をする。

「わたしが――絶対に、レイドのことを幸せにします」

カエラに向かって、しっかりと頭を下げながら答えてみせた。

そんなエルリアの様子を見て、カエラは微笑《ほほえ》みながら静かに頷いた。

「ほらほらレイド、あなたも負けないようにエルリアちゃんのこと幸せにするって言わなきゃダメよっ！　こういうのは男の子が言うものなんだからっ！」

「おう、誰よりも幸せにしてやるつもりだぞ」

「淡泊《たんぱく》ッッ!! エルリアちゃんが色々と今の発言を思い返して顔真っ赤にしちゃってるから余計に際立《きわだ》って見えちゃうでしょうッッ!!」

「わ、わたしは幸せになると顔が赤くなる体質だから……っ!!」

なんとか言い切ることはできたが、もう顔が熱すぎてどうしようもなかった。

しかし、それがエルリアの本心だ。

以前、レイドは転生前の自身の境遇《きょうぐう》について語っていた。

その時のレイドは両親のことを恨《うら》んでいる素振《そぶ》りこそ無かったが、それらを語っている時にどこか寂《さび》しげな目をしていたことを覚えている。

そんなレイドにとって、カエラや二人の兄妹といった存在は救いだったことだろう。

千年前の過酷《かこく》な時代ではなく、誰もが平穏《へいおん》に生きることができる世界の中であったなら、きっとレイドはこんな感じに過ごしていたのだろうと思えるような関係性を築けた。

そんなフリーデン家の人たちだからこそ、エルリアも心から応えたいと思った。

……さすがに、人前でプロポーズをするというのは恥ずかしかったけれど。

「さて、それじゃ話がまとまったところで他にも報告したいことがある」

「まさかもう孫ができたのッ⁉　お母さんがおばあちゃんになっちゃったっ⁉」

「それは私も聞き捨てならんことだぞレイドくんッッッ‼」

「悪いがそういった類の話じゃない。だけど……俺《おれ》たちが婚約に至った本当の経緯について、俺たちを育ててくれた両家の人間には知っておいて欲《ほ》しいことだ」

それは、事前にレイドとの話し合いで決めていたことだ。

エルリアたちは普通の境遇ではない。

元々は千年前に生きていた者たちで、その記憶《きおく》を持って現代に転生している。

そんな二人のことを育ててくれた……言うならば二人目の両親と言える人たちだ。

親として愛情を注いでくれた人たちだったからこそ、全てを隠《かく》し通し続けるというのは両親たちに対する不義だと考えた。

だからこそ――全ての真実を伝えると決めた。

「――俺たちは、千年前に『英雄《えいゆう》』と『賢者』と言われていたんだ」

そんなレイドの言葉によって、二人は自分たちについて語り始めた。

◇

そうして、レイドたちは改めて自分たちが転生した者たちであることを語った。

今後行うべきことを考えれば、その事実を隠し通し続けるというのは道理に合わないということでエルリアと決めたことだった。

ちなみに、その事実を告げた結果だが――

「つまり、レイド兄ちゃんとエルリアちゃんはすごいってことだねっ!!」

そんなステラの一言に尽《つ》きるものだった。

「エルリア様については元から『賢者の生まれ変わり』って言われていたくらいで、レイドも超大型魔獣《ちょうおおがたまじゅう》を倒したみたいだし『英雄』もすげぇやつってのは分かった」

「まあ一緒《いっしょ》に家族として過ごしてたし、それがどうしたって感じよねぇ。むしろ魔力がないんじゃなくて、なんかすごい魔力だったたって聞いたら母さん誇らしいわっ！」

「んんんッッ‼　可愛《かわい》い娘《むすめ》が崇拝《すうはい》すべき賢者様だったとは、これは愛《め》でるべきなのか敬うべきなのか非常に悩《なや》ましいところだなッッ‼」

「とりあえず色々と納得したわ。だけど礼節などに疎《うと》いってことには変わりないし、実は賢者が色々とダメだったと知られたら困るから今後も厳しくしていきましょう」

意外なくらい家族たちの対応は変わらなかった。

むしろエルリアについて言えば、本物の賢者だったら相応《ふさわ》しい姿を示さないといけないということで、アリシアから課題をたくさん与えられていたくらいだった。さすがカルドウェンの当主といったところだ。

とりあえず、「一連の件について色々と納得した」というのが大半の感想だった。

むしろ様々な疑問が解消されて、アリシアとカエラは安堵《あんど》していたくらいだった。

そして両家の顔合わせと婚約の合意を経て、レイドたちはパルマーレに向かっていた。

「悪いなエド兄さん、結局帰りまで運転を任せちまってよ」

「これくらいお安い御用《ごよう》だ、弟改め英雄さんよ」

そう運転席に向かって言葉を掛けると、エドワードは口端を吊《つ》り上げて答える。

ちなみにエルリアは顔合わせの時の緊張《きんちょう》と疲労《ひろう》のせいか、今は後部座席の方でステラと肩を並べながら寝《ね》ている。ステラは単純にお腹《なか》いっぱいで眠《ねむ》かったのだろう。

「しかしまぁ……兄の俺を超《こ》えてくれたのは素直に嬉《うれ》しかったが、英雄なんていう生まれ変わりだったってことには少しばかり驚《おどろ》いたもんだぜ」

「本当は早く伝えるべきだったんだけどな。そもそも俺の魔力についてはエルリアに聞くまで分からなかったし、転生した理由とか他の奴の思惑《おもわく》とかが見えたせいで話すに話せなかったってところだ」

「そこについては何も思ってねぇさ。お前は昔からそういう弟だったからな」

そう言って、エドワードは過去について語り始める。

「レイド、お前が魔力測定を受けた日のことを覚えてるか」

珍《めず》らしく、エドワードが名前を呼びながら問い掛ける。

「覚えてるさ。なにせ俺が魔具をブッ壊《こわ》してめちゃくちゃ怒られたからな」

「そうだ。あの日だけじゃなくて、その後も母さんとステラが色々と暴走しまくったせいで俺がすげぇ苦労することになったんだ」

その日のことについては今も覚えている。

レイドの魔力が測定できずに「魔力無し」と判断された日、母親であるカエラは何度も測定をし直すように魔法士協会へと頭を下げにいった。

そしてステラは「レイド兄ちゃんは強いのに、みんな魔力が無いって馬鹿にしたんだ」と村の子供たちと喧嘩《けんか》して泣きながら帰ってきた。

そして――エドワードは本来であれば魔法士になる予定だったが、その道を捨てて魔法研究職、特に魔力研究に重点をおいた分野に進路を変更《へんこう》した。

その理由は言われずとも理解している。

「俺はどうしても納得できなかったんだ。俺の弟は誰よりも強くて賢《かしこ》くて優《やさ》しい奴だってのに、それを誰も理解してくれねぇってことがよ」

それはエドワードだけでなく、フリーデン家の人間が誰しも思ってくれたことだった。

カエラは何度断られても魔法士協会に頭を下げ、それはレイドが村で木こりや運搬《うんぱん》の手伝いを生業《なりわい》にすると宣言するまで続けていた。

そして父親のサイラスはそんな息子《むすこ》のために、村を出て木材商に転身した。

そして妹であるステラは「兄ちゃんが強いってことをあたしが証明するからッ!!」と両

親を説得して、魔法士になる道を選んで今も成果を挙げ続けている。

だからこそ、事実を隠していることについてレイド自身が心苦しく思うことがあった。

「……本当に、みんなには感謝してもしきれないって思ってるんだ。前の人生では家族と過ごしていた時間の方が少なかったからさ」

前世の両親も時代が悪かったというだけで、決して根が悪いというわけではなかった。

しかし、家族として良好な関係を築くことはできなかった。

「俺は明らかに他の奴らとは違《ちが》ったけど……母さんは俺のために何度も頭を下げてくれて、父さんは俺が生活できる道を作ってくれて、エド兄さんは俺のために手を尽くそうとしてくれて、ステラは俺の事を尊敬できる兄として慕《した》ってくれた。本当に嬉しかったんだ」

そう、レイドは自身の気持ちを率直《そっちょく》に告げてから――

「こんな家族の下に生まれ変われて、俺は本当に幸せだと思ってるよ」

一人で長く生き続けてきたせいで、家族という傍にいる人間のことを知らずに生きた。

しかし――二度目の人生で、その暖かさを初めて知ることができた。

だからこそ、レイドは素直に自身の気持ちについて語る。

「ハッ……本当に嬉しいことを言ってくれる弟じゃねぇか」

そう声を震《ふる》わせながらエドワードは言葉を続ける。

「そんなお前だから、俺たちも何とかしてやりたいって心から思ったんだ。魔法が使えねえなんて理由だけで、俺たちの大事な家族を誰も認めねぇのが我慢《がまん》できなくてよ」

それはエドワードだけではない。

きっとカエラやステラ、そして父親のサイラスも離れた地で思っていることだろう。

「だから――他の奴らがお前を認めたことが、俺はこの上なく嬉しいんだ……ッ‼」

その想いを代弁するように、エドワードは涙《なみだ》を流しながら語る。

そんな兄の言葉を聞いて、レイドは気持ちを揺《ゆ》らしながらも――

「おい待てエド兄さんッ‼　俯《うつむ》いてないで前見て運転しろッ‼」

「ちくしょォ……涙で前が滲《にじ》んで見えねぇぜ……」

「前向いてもダメじゃねぇかッ‼」

「弟よ……俺たち家族だから、もしも事故って魔導車《まどうしゃ》がぶっ壊れても賠償《ばいしょう》責任もみんなで仲良く分けていこうなぁ……ッ‼」

「もう事故る気満々じゃねぇかよッ‼」

そうしてレイドたちが騒《さわ》いだせいか、後部座席で動く気配が生まれた。

「んぁぁ……兄ちゃんたち、なんで騒いでるの……？」

「妹よ……俺は今、感動で漢《おとこ》泣きをしている最中なんだ……ッ!!」

「んぅー……どうでもいいけど、模擬戦《もぎせん》してないから身体がムズムズするぅ……」

「俺の感動よりも模擬戦を優先する妹に一抹《いちまつ》の不安を覚えちまったが、一日たりとも努力を怠《おこた》らない姿勢は素直に兄ちゃん感動しちまうぜ……ッ!!」

起きたばかりでフラフラと寝ぼけている様子のステラだったが、身体が本能的に戦闘《せんとう》を求めているのか、空中に向かって拳《こぶし》を振るっていた。

「エド兄ちゃんかレイド兄ちゃんのどちらかを殴りたい……」

「寝起《ねお》きでサラっと怖《こわ》いことを言っている妹がいるぞ」

「弟よ、たまには兄貴として妹に殴られてやってくれ。俺は毎回素直に殴られている」

「悪いが『英雄』ってのは簡単に殴られたりできないものなんだ」

「仕方ねぇ……ちょっと車を止めて妹に殴られてやるとするか」

「兄としてそれでいいのかよ……」

「そうしないと妹の闘争《とうそう》心みてぇなやつが蓄積《ちくせき》していくからな……。俺の研究が忙《いそが》しくて一週間くらい放置した時なんて、起きてる間はずっと模擬戦に付き合わされたんだぞ」

「それが何日くらい続いたんだ？」

「一週間だ。さすがの俺も死ぬかと思っちまったぜ」

「それなら担当教員とか他の教員補佐と分担すればよかったんじゃないか？」

「他の教員補佐は全員過労でブッ倒《たお》れて、担当教員が『妹専属の教員補佐として来てくれ』って泣きながら頼《たの》み込んできて今に至る」

「昔からステラは元気すぎるくらいだったからなぁ……」

そんな妹と過ごした記憶を思い返しながら、レイドはステラに向かって言葉を掛ける。

「ステラ、明日まで我慢すれば思う存分戦わせてやる」

「ほんとぉ……？」

「おう。だから明日のために全部取っておけ」

「んあー……レイド兄ちゃんが言うなら、そうしておくぅ……」

そう答えてから、ステラはこてんと座席に転がって寝息《ねいき》を立て始めた。

「……おい弟、問題を先送りにしてんじゃねぇよ。可愛い妹と交《か》わした約束だってんなら、お前がキッチリと責任を取ってくれ」

「安心しろって。ちょうどいい相手に心当たりがあるんだ」

そう告げながら、視線の先に見える明かりを見る。

「せっかくだから——ステラから色々と学んでもらうとするか」

ヴェルミナン家の別荘《べっそう》を見つめながら、レイドは笑《え》みを浮《う》かべた。

◇

事前に魔導車の返却《へんきゃく》と宿泊《しゅくはく》する旨《むね》を伝えていたこともあり、レイドたちは待機してくれていたヴァルクとルーカスに出迎《でむか》えられた。

そして、ぐっすりと寝ているエルリアとステラを部屋に運《はこ》び込み、そのまま一夜を過ごしたところで――

「――うあああああっ!!　エルリア様たちとの再会セカンドッッ!!」

「約束されていた再会」

屋敷《やしき》の外で待機していたエルリアを見た瞬間《しゅんかん》、ミリスが勢いよく抱《だ》きついてきた。

そんなミリスをあやしていると、ウィゼルたちも軽く手を挙げながら向かってくる。

「ルーカスとヴァルク嬢に聞いたが、昨日の内には到着《とうちゃく》していたそうだな。オレたちは早めに休んでいたので出迎えられなかったが」

「まぁ日付が変わる直前だったからな。二人も遅《おそ》くまで待っていてくれてありがとよ」

「お気になさらず。客人を迎《むか》えるのが我々の務めですから」

「そうっすねー。俺も魔導車の状態確認《かくにん》が必要だったんで気にしなくていいっすよ」

そうして会話を交わす面々とは対照的に──

「あぁ……朝か……朝ということは訓練か……今日も僕《ぼく》は訓練なのか……」

「あんたは身体を動かせるだけマシでしょうよ……。こっちは専門分野じゃないってのに、毎日研究や論文とにらめっこしてるせいで嫌《いや》になってきたわよ……」

疲労感たっぷりに溜息《ためいき》をつくファレグと、目の下にクマを作っているアルマが気怠《けだる》そうに遅《おく》れてやってくる。

「おう、そっちも頑張《がんば》っているみたいだな」

「頑張ってるなんてもんじゃないわよ……。閣下とエルリアちゃんも手伝って……」

「具体的に何をやってるんだ？」

「特定魔力の抽出《ちゆうしゆつ》及び保全、それら抽出《ちゆうしゆつ》した魔力を統合、自身の魔力で覆《おお》って疑似的《ぎじてき》な同化を行うことで正しく魔法を発動させることで魔力消耗《まりよくしようもう》を自身の魔力で代替《だいたい》、その後は同化の解除と洗浄《せんじよう》を行って保持していた抽出魔力《ちゆうしゆつまりよく》を完全に元の状態に戻《もど》すってやつよ」

「エルリア、俺にも分かるように説明してくれ」

「ものすごく難しいことをやろうとしてる」

「一言で済ませてくれてありがとよ」

「もっと分かりやすく言えば、わたしの『加重乗算展開』と似てる。だけどアルマ先生がやろうとしているのは自分の魔力だけじゃないから、たくさん手間が増えてる」

「これ、どちらかと言えば魔力の効率運用の分野なのよねぇ……。あたしも多少は学んで魔法の効率化は行ってるけど、そもそも魔力量が多いから専門的に学ぶ必要がなかったものだし、普通《ふつう》やらないことだから専門知識が必要で余計に苦戦してる状況《じょうきょう》なのよ……」

そうアルマが溜息と共に答える。アルマだけでなくエルリアまで難しいと答えているところを見ると、かなり苦戦しているようだった。

「だけど事前に概要《がいよう》は聞いてたから、助《すけ》っ人《と》を連れてきた」

「…………助っ人？」

「うん、レイドのお兄さん」

そう言って――エルリアは背後にいたエドワードを手で示した。

「ああ……自己紹介《しょうかい》が遅れました、カノス特級魔法士。私はメリディエンで――」

「今は自己紹介いらんっ！　あんた魔力効率について専門的に研究したことあるのっ⁉　学院の研究職レベルの知識とか専門用語でも理解できるっ⁉」

「はぁ……今は一時的に教員補佐をやってますが、俺の本業は魔力研究分野なんで、魔力の効率運用についても一通り学んで発表された論文には目は通してますが」

「え……神が来た……？」

「弟よ、俺はどうやら神になる時が来たらしい」

「神様として徹夜《てつや》で疲労困憊《ひろうこんぱい》の迷い子を救ってやってくれ」

そんなレイドの言葉より早く、アルマがエドワードの腕《うで》をがっちりと掴《つか》む。

「それじゃ早速《さっそく》手伝ってちょうだいっ‼　ちゃんと論文まで読んでるなら『魔力分解時における魔素変動率と再結合時の効率変化』とかも目を通してるっ⁉」

「ああ……サンスクトル魔法研究士の論文ですか。あの人の論文は毎回興味深いものなんですが、ほとんど走り書きに近いんで読むだけでも一苦労だったでしょうね」

「どれくらい分かりやすく解説できるっ⁉」

「筆記が絶望だった妹を魔法学院に合格させたくらいには分かりやすく解説できます」

「やったーっ！　本物の神だぁーっっ‼」

徹夜続きでテンションがおかしくなっているのか、アルマは嬉しそうに足を弾ませながらエドワードを引き連れて屋敷に帰っていった。

元々、エドワードはレイドの魔力を研究するために研究職へと進路を変えている。

しかしエルリアでさえ明確に解析《かいせき》できなかった魔力ということもあり、とにかく魔力に関連した知識を幅広《はばひろ》く取り入れていたそうだ。

その知識量については実際に話を聞いてみたエルリアも「すごい」とてちてち拍手《はくしゅ》していたので、アルマが行おうとしている事についても力になってくれることだろう。

そして――

「それでこっちは妹のステラだ」

「ステラ・フリーデンっ！　十五歳《さい》っ！　女っ!!」

「おおっ！　レイドさんの妹さんっ!!　こんな可愛い妹さんが――」

「今日はみんなをたくさん殴っていいってレイド兄ちゃんに言われて来ましたっ!!」

「ダメですッ!!　やっぱりレイドさんの妹でしたッ!!」

「よし、まずオレたちがレイドを全力で殴るとしよう。鬼《おに》教官のエルリア嬢《じょう》からも『友人であろうとも容赦《ようしゃ》なく殴れるようにしろ』と教わっていることだしな」

「まぁ待て。ウィゼルには他にやってもらうことがあるし、その説明を行う関係でミリス、ルーカス、ヴァルクの三人も模擬戦は一旦《いったん》保留だ」

「ええと、それってつまり……」

その意味を察したのか、ミリスたちが振り返る。

「サンドバッグ、寝ぼけた顔してないで準備しろ」

「そのサンドバッグっていうのは僕のことを言ってるのかッ!?」

「そりゃ残っているのはファレグの坊主《ぼうず》だけだしな」

「お？　あの赤髪の人はいっぱい殴っていいの？」

「好きなだけ殴っていいぞ」

「やったぁーっ!!　さすがレイド兄ちゃんっっ!!」

「え……僕はついにサンドバッグ扱いになったのか？　僕ってヴェルミナンの嫡男《ちゃくなん》だったはずだよな？　カルドウェンたちと同じ高名な家のはずだよな……？」

ファレグが自身の存在について疑問を抱く中、ステラが嬉々《きき》とした表情で身体をほぐすようにして四肢《しし》を伸《の》ばして準備を始める。

「坊主の課題は中遠距離《えんきょり》主体から近接魔法に変わったせいで、戦闘時における身体動作や魔力管理が疎《おろそ》かなところだ。それでも総合試験で成果を出す程度なら十分だけどな」

「……総合試験で成果を出せるならいいんじゃないのか？」

「どれだけ本格的な形で行ったとしても、結局のところ『試験』であることには変わらない。お前が目標にしている強さは試験に合格するっていう一時的なことじゃなくて、その先で今後も続いていく実戦における強さだろうが」

そんなレイドの言葉に対して、ファレグは僅《わず》かに表情を引き締《し》める。

ファレグは自分のせいで大事な人間であったヴァルクとルーカスに怪我《けが》を負わせ、その時に何もできなかったことを今も悔《く》やんでいる。

だからこそ、レイドは『実戦』で他者を守るために必要なことを教えてきた。

「そもそも誰かを助けたり守ろうって考えている奴《やつ》が、スタミナや魔力切れを起こすって時点で言語道断だ。だからステラの動きを見て色々と学んで吸収しろ」

「つまり……お前の妹はそれくらい強いということか？」

「ステラに身体動作を教えたのは俺だし、魔力運用についてはエド兄さんが叩《たた》き込《こ》んでいるだろうからな。少なくとも今のお前に一番足りないものをマスターしているはずだ」

「ちなみに僕は反撃《はんげき》してもいいのか？」

「俺の可愛い妹を殴ろうってのかよ」

「その妹に僕はサンドバッグとして殴られようとしているんだよッ!!」

「うん？　あたしは別に反撃されてもいいよ？」

そう身体を解《ほぐ》していたステラが意気揚々《いきようよう》と答える。

「だって逃《に》げる相手を追いかけるだけじゃつまらないもんっ！　どうせだったら気兼《きが》ねなく殴れるように反撃してくれた方が嬉しいかなっ！」

「……おい、お前は妹に何を教え込《おし》んできたんだ」

「ムカつく奴がいても、無傷で全員ブッ倒せばお前が最強だって教えた記憶はある」

ステラがこんな性分《しょうぶん》になった主な原因はレイドだ。

レイドに魔力が無いと判明した時、ステラはその事を揶揄《やゆ》してきた村の子供と大喧嘩《おおげんか》をしてきて鼻血を出しながら帰ってきた。

少女ながらに引き分けまで持ち込んだようだが、そのことがステラにとっては不服だったらしく、「もっとレイド兄ちゃんみたいに強くなりたい」と泣きじゃくった。

それを見てレイドは簡単な武術などをステラに教えて、思っていた以上に筋が良かったので他にも踏《ふ》み込んだ技術を教えて、「いつでも戦闘が行えるような心構えで日常を過ごせ」など心構えや精神維持《いじ》といった面についても教え込んでいる。

そしてステラも色々と学べて強くなっていくのが楽しかったのか、素直《すなお》にレイドの教えたことを吸収し、戦闘における直感や才覚もあったのでメキメキ成長していった。

そうして出来上がったのが――ステラ・フリーデンこと戦闘大好きっ子である。

「よっしゃーいっ！　そんじゃ模擬戦やろっかっ‼」

「そういや学院に入った後について俺は知らないけど、ステラってどれくらい強いんだ？去年に入学して今年度からは魔《ま》法戦闘《ほうせんとう》の専門に振《ふ》り分けられたんだろ？」

「んーと、メリディエンの魔法学院だと二番目に強いよっ‼」

「つまりクラスで二番目だったということか。僕ならカルドウェンやふざけた平民がいなければクラス内で一番の強さだと自負はして——」

「んーん、メリディエンの学院にいる全生徒の中で二番目だよ？」

「…………は？」

「本当は一番だったんだけど、あたしのことを平民とか特待生という名の貧乏人《びんぼうにん》とかってバカにしてくる人がいて、その人たちをまとめて全員殴ったら素行不良とか言われて減点されちゃったんだもんっ！　これぞ理不尽《りふじん》ってやつだよっ!!」

ぷりぷりと頬を膨らませながらステラが魔装具を装着していく。

真紅色《しんく》に染め上げられた篭手《こて》と脚絆《きゃはん》。

それらを打ち鳴らしてから、ステラはにこりと笑みを浮かべながらファレグを見る。

「それで、さっきエルリアちゃんの他に『ふざけた平民』がいるって言ってたけど——」

口端を上げ、獣《けもの》のように鋭《するど》い目でファレグを睨《にら》みつける。

「まさか——あたしが尊敬するレイド兄ちゃんのことを言ったんじゃないよね？」

少女らしからぬ気迫《きはく》と殺気を目《ま》の当たりにして、ファレグが僅かに気圧《けお》される。

「き、気絶したら模擬戦は一時中断でいいんだよな……？」

「え？　気絶したら殴り起こすから中断しないよ？」

「寝ても起きても殴られるとか地獄《じごく》かッ⁉」

「ほれ、そんじゃ模擬戦開始だ」

「しれっと始めるなッ‼　まだ僕の心構えが終わってなパァッッッ⁉」

レイドが開始を宣言した瞬間、ファレグの身体が殴り飛ばされて宙に浮いていた。

しかし度重《たびかさ》なる訓練によってファレグも多少耐性《たいせい》がついたのか、そのまま空中で身を翻《ひるがえ》しながらステラの姿を見定める。

「このッ――不意打ちを入れたくらいで、気絶すると思うなよッ‼」

生成した炎剣《えんけん》を握《にぎ》り締め、炎波をステラに向かって放つ。

しかし――

「――そんな雑な炎の使い方じゃ、あたしには勝てないよ？」

笑みを浮かべながら、ステラは真紅色の籠手に炎を纏《まと》わせ――

パァンッと弾けるような音を響《ひび》かせながら、自身に迫《せま》る炎波を穿《うが》ち抜《ぬ》いた。

それだけではない。

脚絆から生じた爆発《ばくはつ》によって、既《すで》に穿った穴を抜けてファレグの眼前に迫っている。

つまり――ステラの戦闘方法は、ファレグと全く同じものであった。

「このッ……避《よ》けきれないなら――」

「防御《ぼうぎょ》しようって考えるのは安直すぎだよーっ!!」

ファレグの眼前で拳を振り上げていたステラだったが、すぐさま足元で炎を起爆《きばく》させて身体をくるんと一回転させる。

「はいっ! ドーンッッッ!!」

そして、その勢いのままファレグの背中に向かって踵《かかと》をめり込ませた。

先ほどまで空中にあったファレグの身体が衝撃《しょうげき》と爆発によって吹《ふ》き飛び、為《な》す術《すべ》なく湖の中に落下して大きな水柱を上げていた。

「いぇいっ!　まずは一勝ッ!!」

「おー、俺が見たときよりも強くなってるな」

「えへへっ! ちゃんとレイド兄ちゃんに教わった通り、毎日戦ってるからねっ!!」

「だけど一応良い家柄の坊《ぼ》っちゃんだから、致命傷《ちめいしょう》とか負わせずに可能な限り痛めつけて苦しむような感じでやるのがいいぞ」

「おっけーいっ!　ほらほら水の中で休んでちゃダメだよーッ!!」

爆発音《ばくはつおん》と共に水柱が上がったところで、ファレグが再び空中に浮いていた。

「ステラの魔法、最小限の魔力で効率よく運用してる。はなまる」

「タイミングも完璧《かんぺき》だし、攻防《こうぼう》の押《お》し引きとフェイントの掛け方《かた》も上手《うま》いな。才能あるとは思ってたけど、ここまでいくと俺も兄として鼻が高いってもんだ」

「この二人、ファレグさんが全力でボコされてる中で冷静に評価下してます……ッ!!」

「ちなみにヴェルミナン家に仕えている両人に訊《き》きたいんだが、主人がオモチャのように吹き飛んでいる姿はどうなんだ?」

「心の底から自分じゃなくて良かったと私は思ってます」

「以下同文っす」

ぽんぽんと殴《なぐ》り飛ばされているファレグを見て、従者二人は遠い目をしながら合掌《がっしょう》していた。この二人も地獄の訓練に慣れてしまったということだろう。

「それでレイド、オレたちには何をさせるつもりだ……ッ!?」

「いつものパターンだと、もっとキツイのが私たちに来る流れですよ……ッ!!」

「そんなに警戒《けいかい》するなって。今回は本当に説明だけだ」

「うん。だけど真面目に聞いておかないと命を落とすことになる」

警戒する二人に告げてから、エルリアが空間を割《さ》いて手を突《つ》き入れる。

そこから出てきたのは――アルテイン軍が使っていた『銃《じゅう》』だった。

「これは……魔装具の一種か？」

「うん。リビネア砂漠《さばく》の地下遺跡《いせき》に潜伏《せんぷく》していた人たちが使っていたもの」

「……それは持ってきても大丈夫《だいじょうぶ》なのか？」

「学院側にも別の物を提出してあるから大丈夫だ。ウィゼルに頼みたいのは魔装具内にある魔力回路の詳細解析《しょうさいかいせき》、それと同系統の魔装具を無力化できるようにして欲しい」

「つまり、オレの扱う《絶縁《ぜつえん》》と同じように無力化できるようにしろということか」

「そういうことだ。できれば大量生産したいから技術機構についても提供してくれ」

「解析と技術提供については構わないが……あの方法は相手が魔法を発動するタイミングに合わせて放つ必要がある。オレは魔装技師なので正確に見極《みきわ》められるが、大量に作り上げたところで慣れていない人間には扱えない代物《しろもの》だぞ」

「そこについても問題ない。扱うのは一人だけだし、そいつも魔具製作の専門家だから魔法が発動するタイミングも正確に見極められるはずだ」

「ん、これが刻印に使われている魔法式。見たことない内容も多いけど、わたしが逆算して注釈《ちゅうしゃく》を入れておいたから問題はないと思う」

「なるほど、そこまで揃《そろ》っているなら三日以内に終わらせてやろう」

エルリアに手渡《てわた》された紙束を眺《なが》めながら、ウィゼルが視線を走らせる。

未来のアルテイン軍たちは一様に『銃』を所持していた。

その機構は魔装具と酷似《こくじ》したものであり、別の世界ではアルテイン軍の流れを汲《く》んでいたことから、魔装具ではなく『銃』が主流となって発展していったのだろう。

「まず全員に言っておくと、この魔装具を持った奴らが現れた時には全力で逃げるようにしてくれ。特にミリスとヴァルクは絶対だ」

「言われなくても私は逃げますけど……どうして私とヴァルクさんは絶対なんですか？」

「この魔装具は魔法だけじゃなく、魔法を無力化する弾丸《だんがん》って飛び道具も放てる。ミリスが主に使う障壁《しょうへき》や結界は貫通《かんつう》するし、ヴァルクの透過《とうか》も効かないと見ていい」

そう説明しながら――レイドは全員に見えるように指先で弾丸を摘《つ》まんだ。

これは被弾《ひだん》したサヴァドの体内から摘出《てきしゅつ》された物だ。

サヴァドは過去にウォルスから手を加えられたことで、『英雄』が持つ魔力《まりょく》の残滓《ざんし》と本人の魔力が同化した状況にある。

通常とは異なる魔力を持つ者だったからこそ《鬼哭譚《きこくたん》》を発動することができて、無力化できないほどの魔力密度によってその場を凌《しの》いだが……解除後には軽く魔力障害が起こったとサヴァドから報告を受けている。

「この弾丸を受けた奴が治療《ちりょう》を受けた際、治癒魔法《ちゆまほう》の類も無力化されたそうだ。もしも被弾した奴がいた場合は傷口から抉《えぐ》り出さないと治癒《ちゆ》できない」

その言葉の意味を理解したのか、話を聞いていた面々が軽く息を呑《の》む。

弾丸を受けるだけで致命傷となり、死に至るという可能性。

「だから接敵した際には最初に逃げることを考えろ。弾丸ってのは直線軌道《きどう》でしか飛ばないから避けるのは難しくないし、接敵の報告を受けた時にルーカスが広範囲《こうはんい》に煙幕《えんまく》を張って射線を切れば射程圏外《しゃていけんがい》まで逃げ切れるはずだ」

「……了解《りょうかい》っす。そこらへんは常に発動できるようにしておきますんで」

そう答えたルーカスに頷《うなず》き返してから、レイドは言葉を続ける。

「これをお前たちに説明している理由は、不測の事態が起こった時には独自で対処できるようにするためだ。もっとも総合試験の際には教員や他の協力者たちにも周知させて万全《ばんぜん》な体制を取るつもりだから、念のために教えておくってところだけどな」

「え……それって総合試験の時に襲撃《しゅうげき》があるかもってことですか⁉」

「というか確実に襲撃されるぞ」

「そんなあっさり確定事項《じこう》に加えないでもらえますッ⁉」

「そもそも起こるのは襲撃なんて生温《なまぬる》いもんじゃない」

そこでレイドは表情を消してから――

「──その日に起きるのは『戦争』だ」

そう、冷え切った声音《こわね》でレイドは告げた。

「まぁ規模で言えば内乱や紛争《ふんそう》に近いもんだろうが、人間と人間による命の奪《うば》い合いってところは変わらない。そこにお前たちを巻き込むつもりはないから安心しとけ」

「……待ってください、それらが確実に起きると学院側が予測しているのなら、総合試験を中止するという判断を下すのが自然だと思うのですが……」

「そのあたりは詳《くわ》しい事情を知っている奴がエリーゼ学院長と俺たちくらいに限られているのが現状でな。学院と教員たちにも襲撃者《しゅうげきしゃ》の情報共有と注意喚起《かんき》は行われるが、その対処については限られた人間で行わないといけない」

なにせ相手は『未来から渡《わた》ってくる敵国』であり、その事実を告げたところで大半の者たちは信じるどころか馬鹿げた妄想《もうそう》として笑い飛ばすだろう。

事実を告げて他の者たちに慢心《まんしん》が生まれるくらいなら、確かな実力がある者たちだけで動いて対処に当たる方が最良の結果を得られる。

「それに……敵側が確実に襲撃してくる時期が不明瞭《ふめいりよう》になったら余計に被害《ひがい》が大きくなる。

だから総合試験は確実に開催《かいさい》するようにエリーゼ学院長に頼んでおいた」

エリーゼとの話し合いを行う前に、レイドはあらかじめ「総合試験を中止する意見が出たら却下して開催を押し通してくれ」という旨を伝えていた。

「相手の出向いてくる時期が確定しているなら、それに合わせて事前に策を講じることができる。それなら限られた人数でも対処ができるってわけだ」

「だけど……なんで総合試験の日に襲撃が起こるって言えるんすか？　確かに各国の重鎮《じゅうちん》たちも招かれているそうっすけど、それ以上に多くの魔法士《まほうし》たちが集まってるんすよ？」

「相手は『魔法を無力化する武装』を持ち込んで来るんだ。魔法士がいくら集まったところで脅威《きょうい》とすら思っていないだろうさ」

実際、遺跡の地下で出会った白髪《はくはつ》の男は現代にいる魔法士を見下すような態度を取っており、その雰囲気《ふんいき》は他の兵士たちにも見て取れた。

少なくとも「大勢の魔法士たちを相手にしても制圧できる」という自負があり、それならば各国の重鎮や関係者が集う総合試験に合わせて襲撃を行い、それらを人質《ひとじち》として要求を優位に進めるために動くだろう。

「ついでに言えば、襲撃者たちの狙《ねら》いは俺《おれ》とエルリアでもある」

「え……なんで二人が狙われるんですか？」

「俺は襲撃者の親玉みたいな奴をブン殴って」

「わたしはなんか知らないところで色々とやらかした」

「なんと恨《うら》みを買うのがお上手か……ッ!!」

「強い奴ってのはいつの時代でも恨み妬《ねた》みを買うものだからな」

「そして喧嘩を売られたら買うのも強者の務め」

「ああ、はい……なんかお二人ならそんな感じだと思ってました……」

レイドとエルリアが息を合わせて頷いたのを見て、ミリスが呆《あき》れたような視線を向ける。

向こうがやる気ならこっちも本気でやるのが筋というものだろう。

「俺たちの存在については『超大型魔獣《ちょうおおがたまじゅう》の討伐者《とうばつしゃ》』っていうことで広く知れ渡ったことだし、向こうも情報収集を一切《いっさい》しない素人《しろうと》の集まりじゃないだろうから、総合試験が始まったら俺たちの居場所が確実に特定できる。だからこっちも襲撃時期が分かるってわけだ」

「そういうことだから、みんなは自分の身の安全を優先して欲《ほ》しい。襲撃者の対処はわたしたちがするから大丈夫」

「二人のことを知ってるから、なんか本当に安心感がありますねぇ……」

「それも今では二人とも『超大型魔獣の討伐者』だからな。説得力も抜群《ばつぐん》だ」

そうミリスとウィゼルが納得《なっとく》したように頷いて見せる。信頼《しんらい》してもらえて何よりだ。

「そんなわけで俺たちは一度パルマーレに戻る。今後の動きについて学院長と話し合わないといけないし、他の協力者たちとも密に連絡《れんらく》を取る必要があるからな」

「了解ですっ！　それじゃ次に会うのは総合試験の後ですかねっ!!」

「過度な心配はしないようにしておくが、二人の武運を祈《いの》っておこう」

「私たちは今の話を坊っちゃんに伝えておきましょう。今は情けなくポンポンと宙を待っていますが、あれでもヴェルミナン家の嫡男なので様々な方面でも力になるはずです」

「そうっすね。尊敬しているレイドさんの頼みって言ったら坊っちゃんも当主様に土下座してでも頼むと思いますし、協力が必要でしたら俺たちに遠慮《えんりょ》なく連絡してください」

「おう、二人もありがとな。ファレグの坊主にもよろしく伝えておいてくれ」

「全部終わったら、わたしがみんなの訓練を付けてあげる」

「「「「すみません、それは本気で遠慮しますッ!!」」」」

「…………さびしい」

　四人が声を合わせて一斉《いっせい》に頭を下げたのを見て、エルリアがしょんぼりしながら眉《まゆ》を下げていた。この鬼教官に鍛《きた》えられた面々なら何かあっても大丈夫そうだ。

　そしてレイドたちは四人に見送られながら屋敷を後にした。

　アルマには既に今後の流れについても説明してあるので、自身の準備が整ったら後ほど連絡を入れてくるだろう。

「さてと、それじゃ俺たちはパルマーレまで徒歩で戻るか」

「ん……わたしの転移魔法で戻る？」

「俺はどっちでもいいぞ、距離《きょり》で考えたらどっちでも変わらないしな」

「わたしの転移魔法で戻ろう」

「……なんか妙《みょう》に強い意思を感じたぞ」

「と、特に深い意味はない」

レイドが何かを感じ取ってエルリアを見ると、何やら落ち着かない様子でそわそわしながら視線を泳がせていた。

「なんだ、今さら隠《かく》し事《ごと》しなくてもいいだろ」

「い、言ったら笑われるかもしれない……っ！」

「笑われるような内容なのか」

「…………うん」

少しだけ頬《ほお》を染めながら、エルリアはこくんと小さく頷く。

「笑わないなら、ちゃんと言う」

「笑う以外の反応はしてもいいのか？」

「内容次第《しだい》で許可する」

「そんじゃ笑う以外の反応をするから言ってみてくれ」

そうしてレイドが言葉を促《うなが》したところで――

「――久々に、レイドをぎゅっとしたいと思ったから」

そう、エルリアは顔を真っ赤にして消え入りそうな声で答えた。

…………

「…………」

「なるほどな、そういうことだったか」

「……なんで空を見上げてるの？」

「俺は考え事をする時は空を見るようにしてるんだ」

「レイドは考えごとをする時、眉間《みけん》にシワを寄せて俯きながら顎《あご》を軽く撫《な》でるから確実に違《ちが》うと断言できる」

「めちゃくちゃ俺に詳しいじゃねぇか」

「もちろん。いつもレイドのことを見てるから誰《だれ》よりも詳しい」

エルリアが少しだけ誇《ほこ》らしげに胸を反らして見せる。

それについても、きっと本人は無自覚に言ったことだろう。

しかし——それについても、今のレイドにとっては追撃《ついげき》のようなものだ。

「それじゃ転移で移動するか」

「レイド、いつまで空を見上げてるの？」

「転移が終わるまでだ」

「すごく首が疲《つか》れそう……」

そんな心配するような言葉と共に、エルリアが首を傾《かし》げながら抱きついてくる。

さすがに今は顔を下げるわけにはいかない。

不意に放たれた言葉に動揺《どうよう》して、顔が赤くなったと気づかれたら恥《は》ずかしいからだ。

三章

パルマーレに帰還《きかん》した後、レイドたちは平穏《へいおん》な日常を過ごしていた。

想定外の襲撃であったり、他の大きな事件が起こったという報告もなかった。

しかし、時間は徐々《じょじょ》に迫って来ている。

総合試験の開催日《かいさいび》まで一週間。

それが過ぎ去った時には『戦争』が始まる。

だからこそ、レイドたちは為すべきことを進めながら——

「……ねぇ君たちさ」

「どうした、学院長」

「何か、問題でもあった？」

「どうしてボクの執務室《しつむしつ》でまったりしてるんだい」

「「暇《ひま》になったから」」

エリーゼの執務室で、レイドたちはソファに座《すわ》りながらまったりしていた。

「レイド、このケーキ美味《おい》しい」

「おう、それじゃ一口もらえるか？」

「ん……はい、あーん」

　書類を眺めているレイドに対して、エルリアがケーキを差し出してくる。

　それを軽く咀嚼《そしゃく》して飲《の》み込むと、控《ひか》えめな甘《あま》さが口の中に広がっていった。

「おお……オレンジの酸味と甘みのバランスが絶妙《ぜつみょう》だな。しっかりと口の中に入れた後も香りが広がるし、その香りを引き出すスポンジに混ぜ込まれたシロップ漬《づ》けの皮が微《かす》かな苦みもあって後味を引き締める。全体的にスッキリした爽《さわ》やかな口当たりだな」

「レイドのコメントが玄人《くろうと》すぎる」

「将軍だった頃《ころ》は貴族の食事会に誘《さそ》われることも多かったからな。まぁ大半は平民出身の俺を馬鹿にしてやろうって魂胆《こんたん》が透《す》けて見えていたから、そいつらに一泡《ひとあわ》吹かせてやろうと思ってコメントだけ上手くなったわけだ」

「わたしは今も昔も美味しいとしか答えてなかった……」

「それはそれで喜んでもらえそうだから大丈夫だろ。ティアナ嬢ちゃんとか一言もらえるだけでも嬉《うれ》しそうに笑ってそうだしな」

「うん。いつもわたしが食べているところを見ながらニコニコしてた」

「待って。千年前のトークに華《はな》を咲《さ》かせながらイチャつかないで」

そうレイドたちの会話を遮《さえぎ》ってから、エリーゼがばんばんと机を叩く。

「大体、なんでボクに与《あた》えられた執務室に入り浸《びた》ってるのさっ⁉」

「ここだと周辺情報が真っ先に届くからだ」

「あと、お願いすると美味しい食べ物が出てくる」

「そりゃボクってヴェガルタの魔法学院にいる教員と違って『エリーゼちゃん飴《あめ》食べる？』とか、他の学院の人たちも多少気を遣《つか》ってくれるし、ヴェガルタの学院長だからねッ！　他の学院の人たちも多少気を遣って
『今日も仕事できて偉《えら》いねー』とか子供扱《あつか》いする人もいなくて正直嬉しいッッ‼」

　ヴェガルタでは責任者として散々な扱いを受けているエリーゼだったが、他の魔法学院から見れば魔法発祥《まほうはつしよう》の地であるヴェガルタに最も近い魔法学院の最高責任者だ。

　ヴェガルタでの待遇《たいぐう》についても見た目で子供扱いされているだけだとは思うが、こちらでは立場に相応《ふさわ》しい待遇を受けているということだろう。

「つまり、そのケーキは学院のシェフがボクにくれたものなんだよッッ‼」

「別にお前も頼《たの》んだらいいだろ、おじロリ」

「ちっちゃい子がケーキをねだっていると考えたら普通だけど、自分のお父さんがケーキに対して執着《しゆうちやく》していると考えたら複雑な感情を抱かざるを得ない……」

「やめてッ!!　正体を明かした途端《とたん》に妙な属性を加えないでッッ!!　ボクはウォルスの記憶《きおく》があるってだけで普通の一般《いっぱん》女性エルフなんだからッ!!」

さすがのエリーゼも男扱いは嫌だったのか、半泣きで机をばんばんしていた。複雑な事情を抱《かか》えているせいで余計な苦労まで背負っている幼女だ。

「そんじゃ休憩《きゅうけい》がてらに状況確認《じょうきょうかくにん》だ。情報の周知についてはどうだ？」

「そっちは終わらせておいたよ。君たちが鹵獲《ろかく》してきた銃もあったし、サヴァドくんの魔力が一時的に減衰《げんすい》したっていう確かな情報があったから信憑性《しんぴょうせい》も高い。今は続々と集まってきた他の学院の魔法士たちも加えて巡回《じゅんかい》に当たっているところさ」

ケーキを口に運びながら、エリーゼは「だけど」と言葉を付け加える。

「本当にレイドくんの言う『戦争』と呼べるほどの規模に発展するのかい？」

「逆に訊くが、どうしてお前は除外して考えているんだ？」

「ボクが時間遡行《そこう》や転生について君たちよりも熟知しているからだよ。時間軸《じかんじく》の移動っていうのは容易なことじゃない。それこそ膨大《ぼうだい》な量の魔力が必要になるんだ」

「具体的にはどれくらいの魔力量だ？」

「そうだねぇ……平均的な魔力量の人間で考えると、だいたい三万人近くの魔力を集める必要があるってところかな」

「つまり俺の中にある魔力ってのは三万人と同等ってわけか」

「むしろそれ以上だよ。時間遡行の対象者によって必要な魔力は変わってくる。だから世界を滅《ほろ》ぼすほどの膨大な魔力量を持っていたエルリアちゃんを転生させるには、『英雄《えいゆう》』の協力が無ければ叶《かな》わなかったわけだからね」

「なるほどな。だけど戦争に発展しないっていう否定材料としては乏《とぼ》しい」

「……どうしてだい？」

「俺が同じ立場だったら、『たった三万人の犠牲《ぎせい》でエルリアを殺せる』と考えるからだ」

別の未来でエルリアは世界を滅亡《めつぼう》寸前まで追い込んでいる。

既に世界は切迫《せっぱく》した状況であり、その元凶《げんきょう》が過去に戻ったところでエルリアが創り出した『災厄《さいやく》』たちが消えることはない。

しかし、エルリアを殺すことができれば世界を救える可能性がある。

過去に戻ってエルリアを殺害すれば、その魔力で生み出された『災厄』たちの消滅《しょうめつ》や活動停止といった成果が見込《みこ》めるかもしれない。

「三万人……もしくはそれ以上の犠牲だったとしても、それで世界と特権階級の人間たちが生き残れるなら安いと判断する。俺が知るアルテインの奴らはそういった思考だ」

「……そうだね。ウォルスの記憶にあるアルテインの人間はそういった人たちだ」

その記憶を思い返したのか、エリーゼが苦々しい表情を浮《う》かべる。

しかし、それを聞いたエルリアがふるふると首を振った。

「それなら、千年前にわたしは殺されたから目的を果たしていることになる」

「確かにそうだな。ヴェガルタ総出でお前の葬式《そうしき》をしていたわけだし」

「うん。ばっちり死んでた」

「……よく君たちは自分の死を客観的に語れるね」

そう呆れながらも、エリーゼが補足を加えてくる。

「確かにエルリアちゃんが死んだのは魔力を失ったのが原因なんだけど、全ての魔力を奪われたってわけではなかったんだよ」

「…………そうなの？」

「さっきも言ったけど、時間遡行は対象者の魔力量によって変わるんだ。重い物を運ぶ時に相応の力が必要になるようにね」

ケーキを半分に割りながらエリーゼは言葉を続ける。

「だから時間軸を移動しながら、エルリアちゃんが持っていた魔力の一部を『神域』に向かって垂れ流していたんだよ。要は軽量化しながら時間を遡《さかのぼ》っていた感じだね」

「……もしかして、それで転生した時に魔力が戻《もど》った？」

「そういうことだとボクは推測してるよ。レイドくんが駆《か》けつけて、そこでレイドくんが死んだことによって間近にいたエルリアちゃんが転生に巻き込まれて、それによって『神域』に残されていた魔力が元の持ち主であるエルリアちゃんに戻ったことによって記憶なども引き継《つ》がれた……そんな奇跡《きせき》みたいな偶然《ぐうぜん》が重なって起きたことさ」

そう、エリーゼは嬉しそうに微笑《びしょう》を浮かべながら語る。

好敵手であり、戦友であり、想《おも》い人でもあった者の元に向かう。

その最期《さいご》を見届けようとしたレイドの行動によって生まれた奇跡だったのだろう。

「つまり俺が変なところで野垂れ死んでたら、エルリアも普通《ふつう》に死んでたのか」

「レイドが強くて本当に良かったと心から思ってる」

「ちなみに道中でティアナ嬢ちゃんに殺され掛《か》けたんだが」

「それについては次の機会にお説教しておく」

「今ボクは感動的な流れにしたつもりだったんだけどなぁ……ッ!!」

「そういや、二人揃って同じ時代に転生した理由は何だったんだ？」

「ああ……それはたぶんエルリアちゃんの影響《えいきょう》かな？　本当ならエルリア・カルドウェンという存在が生まれたのは今の時代だから、それに引き寄せられる形でレイドくんも同じ時代に転生したんだと思うよ」

そこまで語ってから、エリーゼは腕《うで》を組みながら眉根《まゆね》を寄せる。

「だけど……エルリアちゃんが殺された原因というか、アルテインの手先が同じ時代に狙いを定めて戻ってきた理由が分からないんだよ。ボクたちが過去に戻ったと分かったところで、過去なんて膨大にあるんだから分からないはずなのにさ」

「ん……ティアナの話では、時間っていう世界の中に『穴』があるって言ってた」

「…………穴？」

「うん。ティアナの魔法は『時間』に干渉《かんしょう》するものだから、その穴を使って意識だけを飛ばして会話できるって言ってた」

「少なくとも、ウォルスの記憶にそれらしい話はなかったと思うけど……」

「それなら、『穴』ってのはアルテインの奴らが開けたもので間違《まちが》いないだろうな」

「……たとえそうだったとしても、どうやって過去っていう膨大な選択肢《せんたくし》の中からボクたちが戻ってきていた千年前を選び出したんだい？」

「まぁ、そこも間の悪い偶然みたいなもんだったんだろうな」

そう答えてから、レイドは自身の考えについて語る。

「そもそも、アルテインが過去に戻った目的は『エルリアの殺害』じゃないんだろうさ」

「……どういうことだい？」

「別に難しい話じゃないさ。元凶がどこかに消えたなら放っておけばいいが、脅威である『災厄』は残っている。しかも対処ができる『英雄』も消えちまった。それでアルテインが新しい英雄を作り出そうと考えたのなら答えは明白だ」

「……つまり、レイドを探すために過去へと戻ってきた？」

「そんなところだろうな」

おそらく、それが本来の目的だったのだろう。

消えた『英雄』の代わりを作り出すために、それを考案した張本人に未来の知識を与えて、再び『英雄』という存在を作り上げようと考えたのだろう。

「だけど実際に戻ってみたら俺が賢者《けんじゃ》じゃなくて『英雄』なんて呼ばれているし、以前は侵略《しんりゃく》していたヴェガルタが魔法なんて力を付けてるし、そこに元凶のエルリアもいたってことで目的を変えたんだろうな」

「……なんか、わたしがとばっちりで殺された気分になった」

エルリアが頬をぷくりと膨《ふく》らませながら言う。確かに見方によって「目的と違ったけど、そっちもついでに殺しておこう」みたいな形に見えなくはない。

「それで未来に戻って『災厄』たちに変化が起こっていれば良いし、何も変化がなかったとしても『英雄』を再現できる方法が見つかったから問題無しってわけだ」

「……それなら、目的を果たしたアルテインが現代に来た理由は何なんだい？」

「それはお前の推測で合ってるんじゃないか。『英雄』を解析《かいせき》したなら時間軸が分岐《ぶんき》したことについて向こうも把握《はあく》しただろうし、『災厄』を処理できないなら別の平和な時間軸に移ればいいって考えになるだろうさ」

自分たちが魔法を悪用して、エルリアという手に負えない存在が出てきて、その後始末もできないから別の場所を奪おうとする。

なんとも自分勝手な話だが、他国を侵略することで巨大化《きょだいか》していったアルテインらしい考えであるとも言えるだろう。

そして、侵略の際に取る行動とは何か――

「学院長、戦争の時に一番重要な点って分かるか？」

「それは……たくさんの戦力とか物資とかじゃないかな？」

「そうだな。だけど、それらを正しく機能させるためには補給線の確保が必要だ」

「補給線って――」

そこまで言い掛けたことで、エリーゼは大きく顔を上げた。

突如《とつじょ》として現れた『災厄』という存在。

それを現代に出現させる理由がアルテイン側にはない。

むしろ新天地となる世界に『災厄』を出現させるというのは、自分たちが移り住む土地に破滅《はめつ》と破壊《はかい》をもたらすという矛盾《むじゅん》した行動となる。

だからこそ、そこには必ず意味があるとレイドは考えた。


「『災厄』を出現させたのは――二つの世界を繋《つな》ぐ補給線を作り上げるためだ」


その意図を感じ取ったからこそ、レイドは『戦争』を行うつもりだと推測した。

「実際のところ正確な意図については分かっていない。あのバカでかい『災厄』を実験的に送《おく》り込《こ》んで一度に投入できる戦力を測ったのか、それとも『穴』を押し広げるような意図があったのか、どちらにせよ向こうが戦争を仕掛《しか》ける気満々なのは間違いない」

「……なるほどね。千年前とはいえ、アルテインの軍事方針にも深く携《たずさ》わっていた君が言うなら間違いなさそうだ」

「まぁこっちも戦争に発展させるつもりはないけどな。そのために色々と手を回して準備も進めているし、そっちも急いで準備を進めてくれ」

「簡単に言ってくれるねぇ……ただでさえ学院長としての業務やら確認《かくにん》作業で忙《いそが》しいのに、そっちの作業と手配もやらなくちゃいけなくて頭を悩《なや》ませてるのに……」

「そこは学院長の権力を使っていけばいいだろ」

「権力だけじゃどうにもならないのっ!!　君が頼んできた物は未来の技術を使わないといけないし、素材の加工どころか入手するのだって難しいんだからっ!!」

「とりあえず間に合うかどうか教えてくれ。それによっては予定も変更《へんこう》する」

「ボクだから間に合うッッ!!」

「頼《たよ》りになる幼女で助かる」

「あぁ……今日も睡眠《すいみん》時間削《けず》らないと……明日は他の学院長たちと総合試験の打ち合わせがあるし、目の下にクマとか作っていったら何言われるか分からないしさぁ……ッ!!」

そうエリーゼが遠い目をしながら力無く机を叩《たた》く。たぶん本当に色々と頑張《がんば》ってくれているので、ちゃんと全てが終わった後には労《ねぎら》ってやった方がいいだろう。

「そういえば……エルリアちゃんは本当にいいのかい？」

「ん……何が?」

「君たちがアルテイン軍を対処した後の話だよ」

レイドたちの計画は、未来のアルテイン軍による侵略を阻止《そし》するだけではない。

「君は前回と違って、自身の思《おも》い描《えが》いた理想の中にある。いや……それ以上の幸福の中にいるからこそ、君の選択《せんたく》には少しだけ納得できないんだ」

「……それは、お父さんの記憶があるから？」

「そうさ。彼《かれ》は君の幸福を心から願っていた。だから君にはこのまま幸せに過ごしてもらいたいし、その幸福を捨てるような選択はして欲しくないんだよ」

そう、ウォルスの意思や言葉を代弁するようにエリーゼは語る。

その言葉に対して、エルリアは微笑《ほほえ》みながら言葉を返した。

「お父さんが、わたしの前で初めて魔法を使った時の事を覚えてる？」

「……君が魔術《まじゅつ》で大樹を作った時の話かい？」

「うん。あれを見た時にわたしは本当にすごいって思った。お父さんと同じようなことができるようになれば、きっと世界中の人を幸せにできるって思った」

だからこそ、エルリアは今回も魔法を創り上げた。

その想いは未来であろうと、過去であろうと変わらなかった。

「だから、ちゃんと世界中の人たちを幸せにしてあげたい。今のわたしがすごく幸せだからこそ、前のわたしが叶えられなかったことを叶えてあげたいって思ったの」

全てに絶望してしまった自分のことを思い浮かべながらエルリアは語る。

そんなエルリアの言葉を聞いて、エリーゼは困ったように笑いながら頷いた。

「……なるほどね。それが君の意思なら、ボクからは何も言えないかな」

「ありがとう。でも、わたしには言いたいことが残ってる」

「うん？　なんだい？」

「子供のわたしが魔術で頑張ったのに対して、自分は未来の魔法を使って勝ち誇っていた姿は父親として本当に大人げないと思った」

「ボクに言われても困るよッ!!　それをやったのウォルス本人なんだからッ!!」

「あれは今思い返しても納得いかない……」

幼少時に何かあったのか、エルリアが頬を膨らませながらジトりと睨《にら》んでいた。どうやら負けず嫌《ぎら》いな性分《しょうぶん》も子供の頃から変わっていないらしい。

そうして、エリーゼがあわあわと手を振《ふ》っていた時――

「――もしもし、ランメル学院長は在室中でしょうか」

控え目《め》なノック音と共に、少女の声がドアの向こうから聞こえてきた。

「はーい、在室中なのでどうぞー」

「それでは失礼して……あら？」

そんな間の抜《ぬ》けた声と共に、ドアの向こうからガチャガチャと音が聞こえてくる。

「あれ……このドア、開きません……っ!?」

「取っ手！　取っ手を回すのじゃっ!!」

「取っ手も回してますぅぅ……」

「……うん。内開きの扉《とびら》を引っ張っていたら開かないと僕《ぼく》は思うよ」

少女以外にも人がいるのか、ドアの向こうで何やら会話が聞こえる。

というか、完全に聞き覚えのある声だった。

その声を聞いて、レイドはゆっくりと立ち上がってドアに近づき――

「あっ！　これで開きましたぁぁぁぁぁあああああっっ⁉」

ドアが開いた瞬間《しゅんかん》、勢いが余ったのか少女が倒《たお》れ込んでくる。

それを予期していたかのように、レイドは飛び込んできた少女を抱《だ》きかかえた。

「あら……？　なぜ私の身体が不自然な角度で浮いているのでしょうか……？」

「そりゃ俺が抱えてるからだ」

そう声を掛けると、少女がゆっくりとレイドの方に顔を向ける。

その直後――

「ひあーーーーーっっ⁉」

「人の顔を見て叫《さけ》ぶんじゃねぇよ」

叫び出した少女の頭に向かってビシッと手刀を入れると、トトリとサヴァドが慌《あわ》てた様子で室内に入ってくる。

「レイドおぬし何をやっとるんじゃっ‼　いくらおぬしにとっては顔見知りとはいえ、わしらにとっては大陸を統《す》べる御方《おかた》なんじゃぞっ⁉」

「ああ、やっぱり転ぶと思ってたんだよね……」

「二人とも到着《とうちゃく》したなら先に連絡してくれよ。賓客《ひんかく》ってことだから出迎《でむか》える必要があるかと思って毎日ここで待機してたんだぞ」

「いやぁ……本当は到着したら連絡するつもりだったんだけど、どうしても彼女《かのじょ》がレイドくんを驚《おどろ》かせたいって言うからさ」

そんな会話を交《か》わしていると、事情を飲み込めていないエリーゼが首を傾げる。

「えっと……サヴァドくんとトトリくんはボクも知ってるからいいとして、そっちの子もレイドくんの知り合いなの？」

「おう。本当に昔と一切変わってないから驚いたけどな」

「うぁぁ……頭ぐりぐりしないでくださいってばぁぁ……」

レイドが乱暴に頭を撫で回すと、黒髪《くろかみ》の少女が困った顔でパタパタと手を振る。

そして……その頭にある三角の耳を見て、エルリアが思い出したように顔をあげた。

「もしかして、その子って……」

そんなエルリアたちの視線に気づいて、黒髪の少女がピコンと耳を立てる。

「あ、ご挨拶《あいさつ》が遅《おく》れてしまって申し訳ありません――」

佇《たたず》まいを正し、綺《き》麗《れい》な角度で頭を下げる。

「レグネア民族国家――その象徴《しょうちょう》たる大国主を務める、ミフルと申します」

◇

改めて三人を迎《むか》え入れ、レイドたちは隣《となり》にある応接間に移って腰《こし》を下ろした。

「はふぅー……西方大陸のお茶は甘味で美味しいですねー……」

レグネアの大国主こと、ミフルはカップを両手で持ちながらほっこりしていた。

まったりとした表情で、大きな黒い尻尾《しっぽ》を左右にゆらゆらと揺《ゆ》らしていた。

「これはなんというお茶なのですか？」

「ん……それはミルクティー。『獣憑《けものつ》き』は熱いのが苦手って聞いたから少しぬるめ」

「これはこれは、お気遣《きづか》いありがとうございます。それにしても……西方では牛乳で作ったお茶があるなんてすごいですね」

「……大国主、これは西方の茶に牛乳を混ぜた物じゃ」

「あぅ……すみません、宮殿《きゅうでん》に篭《こ》もりすぎて物を知らなくてすみません……」

トトリに指摘《してき》されたことで、ミフルが申し訳なさそうに耳をぺたんと畳《たた》む。

東方大陸の象徴である大国主とは思えないほどのへこみっぷりだった。

しかし、それがレイドの知るミフルという少女でもある。

「相変わらず謝り癖《あやまぐせ》というか、なんか小心者っぽいところは変わらないな」

「しょ、小心者って言わないでくださいっ！　私、ちゃんと偉いですっ！」

「そうだな。なにせレグネアの大国主だからな」

「これぞ大出世ですっ！」

「偉くなりすぎて出世って言っていいのか分からないぐらいだけどな」

尻尾をブンブンと振るミフルに対して、レイドは苦笑《くしょう》しながら言葉を返す。

千年前にもミフルは相応の地位だとカタコトで言っていたが、そこから紛争が絶えなかった西方大陸をまとめて、今では大国主と呼ばれるようになったのは大出世どころか前人《ぜんじん》未到《みとう》の偉業《いぎょう》と言っていいだろう。

しかし、レイドの記憶では「なんか常に謝ってペコペコしてる子」だった。

当時は言葉が通じなかったのもあるが、浜辺《はまべ》に打ち上げられていたところを救われたということもあってか、常に萎縮《いしゅく》していてレイドに謝っている様子だった。

その印象が変わらないということは、元からミフルはそういった性分だったのだろう。

「ええと……とりあえずレイドくんと、レグネアの大国主様が知り合いっていうのは理解できたんだけど……一体どこで知り合ったんだい？」

「千年前に浜辺で拾った」

「君は本当に何でもありだね……」

「千年前にレグネアで『災厄』が現れたことがあってな。それでミフル嬢《じょう》ちゃんが西方大陸まで助けを求めに来たから俺が倒したってことがあったんだよ」

「はいっ！　荒神《こうじん》さまは我々が為《な》す術《すべ》もなかった異形《いぎょう》に対して怯《ひる》むこともなく立ち向かい、大剣《たいけん》による一撃《いちげき》によってレグネアを救われたのですっ!!　一週間くらいでっ!!」

「レイドくん、小旅行みたいなノリで国を救うのはやめようか」

「こっちも長く前線を離《はな》れられなかったから急ぎだったんだよ……」

ミフルが興奮気味にふんふんと語る中、エリーゼが呆れた視線を向けてくる。ついでに言うと正確な内訳は討伐に一日、残り六日は移動時間や移送の安全確保だったりする。

「というか、よくトトリたちの話だけで俺が同一人物だって納得したな」

「荒神さまの濃厚《のうこう》な匂《にお》いがしたので納得しましたっ!!」

「トトリ、悪いが解説を頼みたい」

「わしら『獣憑き』は常人よりも魔力《まりょく》を詳細《しょうさい》に判別することができるんじゃ。それについて他者にも分かりやすい表現が匂いというわけじゃの」

「それを聞いて安心した」

「大丈夫《だいじょうぶ》、ちゃんとレイドは良い匂い」

そうエルリアがすんすんと鼻を鳴らしながら言う。そういえばエルリアも匂いで色々と判別できるタイプだった。

「さて……千年ぶりの再会だが、ミフル嬢ちゃんに訊《き》きたいことがある」

「……はい、千年前の『災厄』についてですよね？」

「そうだ。俺たちがレグネア砂《さ》漠《ばく》で見た呪術《じゅじゅつ》と、千年前に『災厄』を呼び出した呪術の類《るい》似《じ》点《てん》について教えてもらいたい」

そう告げると、ミフルが表情と態度を改める。

「……そちらについては大国主としての立場で申し上げます。リビネア砂漠での一件や事情については我《わ》が国《くに》に所属しているトトリ、サヴァドの両名から報告を受けています。しかし禁呪とは我らレグネアを形成する歴史というだけでなく、同時に忌《い》むべき内容とも言えるものです。それを無償《むしょう》で他国に提供するわけにはいきません」

「今みたいな公的な会合じゃなくてもか？」

「はい。リビネア砂漠の賊《ぞく》たちがレグネア国内だけでなく、様々な防護によって警備されていた宮殿内部にまで侵入《しんにゅう》したという事実があります。今は緘口令《かんこうれい》を敷《し》いていますが、下手に情報を提供すれば西方大陸側に流出の疑いが掛かり、我々の国交だけでなく安定しているレグネアの情勢も揺らぐことになるでしょう」

「……なるほどな。それもミフル嬢ちゃんが出てきた理由か」

「ええ。レグネアの象徴という立場を維持《いじ》するため、私は公の場だけでなく一部の限られた者としか接触《せっしょく》を行ってきませんでした。そんな大国主が千年ぶりに公の場へと姿を晒《さら》せば、その話題性で不安を払拭《ふっしょく》する一助となりますから」

レグネア国内ですら伝承や伝説の一つだと疑われていた大国主が姿を現すというだけでなく、他国の領域である西方に足を運ぶというのは大きな意味がある。

その話題性によって臣民の不安を払拭するだけでなく、大国主として厳重に守護されてきたミフル自身が赴《おもむ》くことによって安全な状況《じょうきょう》や問題の対処が済んでいることを誇示《こじ》し、ヴェガルタを含《ふく》む西方大陸の諸国と今後も友好的な関係を築くという意思表示にもなる。

レグネアという国をまとめるために身を捧《ささ》げ、千年という膨大な時間を生きることで国を守ってきた者としての判断といったところだろう。

「だけど、ここに来てくれたってことは情報提供の意思はあるんだろ？」

「それはもちろん。我々が今も存続できているのは荒神さま……いえ、レイドさまのおかげですから、こちらの条件を呑《の》んでいただければ情報提供に応じましょう」

「……その条件っていうのは？」

「え……あ、その……あんまり深刻な条件ではありませんよっ⁉　これもレグネアの国益に繋がるという判断と言いますか、だけど少し私情も入っているみたいな……っ⁉」

そう、ミフルが明らかに動揺した様子でわたわたと手をはためかせる。

そして、呼吸を落ち着かせてから——

「——わ、私の望みはレイド・フリーデン様をもらうことですっ‼」

両手をグッと握《にぎ》りながら、ミフルは堂々と宣言した。

「……あー、よし」

「今のは承諾《しょうだく》とみてよろしいですかっ‼」

「今のは考えをまとめただけで全然よろしくないから待て」

「いえこればかりは待ちませんっ！　この返答は今この場でいただかなければ反故《ほご》にするくらいの覚悟《かくご》で私は臨《のぞ》んでいますっ‼」

身を乗り出しながら、ミフルがふんふんと頷《うなず》きながら尻尾をブンブンと振る。

そんなミフルの視線がちらちらとレイドの横に向けられている。

つまり――隣に座っているエルリアに注がれている。

「そちらにお座りの方は西方の賢者さまだとお見受けしますっ！」

「お、お見受けされます……」

「お二人がご婚約《こんやく》されていることは承知しておりますっ！　しかし私も千年前に救われた時からレイドさまを想い慕《した》っておりましたっ！　恋《こい》のライバル登場ですっ!!」

「登場されてしまった……」

「私は見た目通りの女狐《めぎつね》さんですっ！　そんな私に対して正妻である賢者さまは私に向かって何か言ってやらなければいけませんっ!!」

まるで何かを期待するかのように、ミフルが詰《つ》め寄るようにエルリアを見つめる。

なんだろう、何か流れがおかしくなってきた気がした。

そんなミフルに対して、エルリアは困惑《こんわく》した様子を見せていたが――

「……ダメ、レイドはあげない」

レイドの身体に手を回し、ぎゅっと抱きしめながらミフルを見つめ返す。

「レイドは――わたしのものだから、誰にも渡《わた》さない」

はっきりとエルリアが自身の意思を示すように告げる。

それを聞いたことにより、ミフルは頰《ほお》に手を当て――

「尊いですッッ!!」

満面の笑《え》みと共に、グッと手を握り締《し》めていた。

「ああッ……これが夢にまで見た英雄と賢者が仲睦《むつ》まじく過ごす光景……ッ!!」

「大国主様、興奮しすぎて鼻血が出ておるのじゃ」

「あう……これはすみません、念願の光景が目の前にあったものですから……」

そう申し訳なさそうに頭を掻《か》きながら、ミフルは鼻血を拭《ふ》き取られていた。

そして満足げな表情と共に手を叩く。

「さて、私は満足したので話を戻しましょうかっ！」

「こっちは何も分かってないから話を戻さないでくれ」

「この溢《あふ》れ出る想いを語ってもよろしいのですかっ⁉」

「簡潔かつ他者に事情が理解できる程度の説明に留《とど》めてくれ」

「ええと……簡潔に説明するなら、こちらの古書が理由ですっ!!」

そう言って、ミフルが虚空《こくう》に手を差し入れて本を取り出して見せる。相当な年代物らしく装丁《そうてぃ》の端々《はしばし》が擦《す》り切れているが、何度も修繕《しゅうぜん》を繰《く》り返して大切に扱っている様子だった。

そして、そこに書かれている題名が――

「――『かつて賢者は恋をした』ですっ！」

それはもう嬉しそうにミフルが題名を読み上げてくれた。

尻尾が飛んでいきそうなくらいブンブンだった。

「ちなみにこれは八〇〇年前に発行された初版本ですっ‼」

「へぇ……そりゃ年代物だなぁ」

「私が最初に読んだのは西方大陸との交流が始まった後でしたが、少しずつ集めて各年代ごとに発行されたものを収集して、今は禁呪の情報と同等レベルに保管してますっ‼」

「そのまま厳重に保管しておいてくれ」

そう言葉を返してから、隣にいるエルリアとエリーゼに視線を向ける。

「…………」

「…………」

二人が完全にレイドから目を逸《そ》らしていた。

「これが例の本か」

「……………うん」

「これって最初に書いたのは誰《だれ》なんだ？」

「ええと……ウォルスの死後だから次代の人だねぇ……」

「エルリアが頑《かたく》なに読ませてくれない理由を教えてくれ」

「賢恋《けんこい》の原作は女性向けで、英雄も美化されてるし過激な描写《びょうしゃ》もあるからなぁ……」

「さらっと略称《りゃくしょう》を口にするんじゃない」

とりあえず、詳《くわ》しく聞く必要はなさそうだった。

「……それでミフル嬢ちゃん、さっきの俺《おれ》をもらうとかって話に戻ってくれ」

「ええと、先ほどは賢者さまの反応を引き出すために言葉を削りましたが……簡単に説明しますと、レイドさまが持つ能力の由来をレグネアの禁呪にさせていただきたいというのがレグネアの大国主から出す条件といったものです」

そう補足してから、ミフルは改めて条件の詳細について語る。

「レイドさまの能力は西方大陸だと正体不明の魔法《まほう》といった扱いだと聞き及《およ》んでいます。それならばレグネアの荒神伝承と結び付けて能力の起源とすれば、レグネア由来の力によって新たな特級魔法士を生んだという実績となります。情報が無かったのは禁呪由来によ る情報規制、前例はサヴァドさんがいるので信憑性に欠ける話でもありませんよね？」

「ああ、それでボクを普通に同席させてくれたってわけだね？」

「その通りです。エリーゼさまが協力者となった旨《むね》はトトリさんたちを通じて聞いていたというのもありますが、ヴェガルタ王立魔法学院……その学院長であれば発言力もあるので問題なく物事を進めてもらえると思ったものですから」

「そこまで簡単じゃないんだけどねぇ……まぁレイドくんの能力に明確な根拠《こんきょ》を作ることができるのなら悪い話じゃないし、西方大陸側で二人が特級魔法士に認定《にんてい》されると大陸間の関係にも影響が出そうだしね」

　エリーゼが納得《なっとく》したように何度か頷く。そちらについては詳しくないが、やはり大陸間における魔法士同士の力関係などもあるのだろう。

「俺を荒神として担《かつ》ぎ上げるってわけじゃないなら功績は自由にしてくれ」

「はい。レイドさまの身柄《みがら》や行動について、我々レグネア側は制限等を一切掛《いっさいか》けることはないと大国主として誓約《せいやく》を交わさせていただきます」

「そもそも最初からそれを言ってくれ」

「それだと英雄と賢者の絡《から》みが見られないじゃないですかっ！」

　そう不満そうにミフルが頬を膨らませる。この子は千年という長い時の中で色々な意味で変わってしまったようだ。

「ということで、私がレイドさまを取るようなことはないのでご安心くださいっ！」

「う、うん……それは本当に嬉《うれ》しい」

「あと個人的には賢者さまがグイグイ行くのが好みですっ‼」

「要望と感想を同時に出されてしまった……」

「や、やっぱり難しいでしょうか……⁉」

「……尻尾を触《さわ》らせてもらえたら、がんばれるかもしれない」

「それくらいならお安い御用《ごよう》ですっ！　私の尻尾で良ければ好きなだけどうぞっ！」

そして両者の間で何か取引が成立したのか、エルリアはミフルの隣に座《すわ》って大きな尻尾をもふもふと撫《な》で回していた。とりあえず仲良くなったようで何よりだ。

「それで、俺が送った件に関する見解や禁呪の情報を教えてくれるか？」

「はい。まずは千年前の『災厄』との共通点ですが……私が知る背景や実際に見た光景などと合致《がっち》しているので、おそらく同系統の禁呪であると推測しています」

表情を歪《ゆが》めながら、ミフルは当時の詳細について答える。

「当時の為政者《いせいしゃ》の勅命《ちょくめい》によって、都市の一角にあった居住区の者たちが粛清《しゅくせい》を受けました。その理由は反乱を企《くわだ》てていたというものでしたが……そこは紛争《ふんそう》で行き場を失った避難民《ひなんみん》の生活区域であり、確たる情報や根拠がなかったにもかかわらず決行されました」

「……つまり、その為政者が誰かに唆《そそのか》されて禁呪を使ったってことか」

「私はそう考えています。当時は禁呪に関する規制も緩《ゆる》く、禁呪に関する認識《にんしき》も『不可能を可能とする秘術』といったものでした。それに千年前は東方大陸の大部分で民族同士の抗争《こうそう》が起こっていて、その立場や権力も不安定なものでしたから」

「そこに『不老不死になる方法がある』とか吹《ふ》き込まれたら、それが非人道的な方法や手段であっても試《ため》してみる価値があると考えるのが人間ってものだしな」

「そうですね。今の私が大国主としてレグネアをまとめることができたように、その禁呪を実現できれば大陸を統べることも叶っていたかもしれません」

人間は欲深いもので、たとえ全てを手に入れたとしても満たされない。

莫大《ばくだい》な富や権力を得たのならば、次は老いて衰《おとろ》えていく肉体を維持するために永遠の命や不老不死といったものを求めるようになる。

そしてレグネアには『獣憑き』という不老の存在が既《すで》にいたからこそ、「禁呪を用いれば永遠の肉体を得ることができる」という言葉にも多少の信憑性《しんぴょうせい》があったのだろう。

「その禁呪は他者の死……流れた血に含まれる魔力と魂《たましい》を触媒《しょくばい》として発動し、都に巨大《きょだい》な大穴を穿《うが》ちました。それによって多くの者たちが再び命を落とし、それに比例する形で穴は広がっていき……そして『災厄』が大穴から姿を現したのです」

「最初から『災厄《さいやく》』が出てきたってわけじゃないのか」

「はい。『災厄』が現れたのは都が崩落《ほうらく》して大勢の人間の命が失われた後です。それらの状況を考えると、流れた血と肉体から解放された魂の数に応じて禁呪の進行や深度が変わるものだと推測されます。そして禁呪の発動後にも穴が拡大していたことから、贄《にえ》となる血と魂を常時取《と》り込んでいたのでしょう」

そこまで語ってから、ミフルは言葉を切ってレイドを見つめる。

「レイドさまの話ですと、リビネア砂漠の地下で遭遇《そうぐう》した者たちが再び襲撃《しゅうげき》してくるという話でしたが……その者たちの対処を行うために、我々は最初から圧倒的《あっとうてき》に不利な条件を突《つ》き付けられている状況だと言えるでしょう」

そうミフルは前置いてから――

「――一切《いっさい》の死人を出さない、それが禁呪を確実に阻止できる方法です」

レイドたちが勝利するために必要な条件について告げた。

それがどれほど困難であるのかは語るまでもない。

相手を殺害するという行為《こうい》は、戦争において最も効果的で最良と言える手法だ。

生物は殺してしまえば終わりであり、その後は魔法などといった外的要因を受けない限り一切動くこともなく、他者に危害を加えることができなくなる。

しかし、その方法が取れないということは別の方法で無力化する必要があり、それらの方法は殺害と比べて全て煩雑《はんざつ》で手間や時間が掛かるものしかない。

それをレイドとエルリアは誰よりも理解している。

五十年間……両国の軍は互《たが》いに衝突《しょうとつ》を繰り返しながらも、五十年という長い歳月《さいげつ》の中で見れば圧倒的に少ない死者数に留めていた。

しかし、それはレイドとエルリアが互いに被害《ひがい》が少なく済むように半ば結託《けったく》して行っていた結果であり、今回のように最初から侵略を目的とする相手には一切通じない。

「具体的に何人死んだら禁呪が発動するか分かるか？」

「……おそらくですが、百を超《こ》えた時点で発動に至るかと思います」

「それなら死者を出さないって条件と大差は無いな」

戦《いくさ》の最中にあれば、百人という命は数える間もなく潰《つい》える。

それこそレイドたちが台頭する以前は一度の戦争で数万以上の命が失われたこともあるのだから、そこに猶予《ゆうよ》があるとすら考えられない。

それだけではない。

「その死者ってのは自害も当然含まれるよな」

「はい。『魔力を含んだ大量の血』が禁呪の発動条件だと推測していますが、逆に言えば他の死因等は禁呪の発動には関連していないと見られます」

「今回の襲撃者《しゅうげきしゃ》は目的を遂行《すいこう》するためなら自分の命だろうと差し出す連中だ。つまり計画の支障や妨害《ぼうがい》に遭《あ》えば、即座《そくざ》に自害して禁呪を発動させる礎《いしずえ》になることを選ぶだろうさ」

レイドたちが襲撃者たちを殺さないという選択を採ることはできる。

しかし、それすらも相手は許さない。

レイドたちが何かしらの手段を講じれば、襲撃者たちは自害という選択肢《せんたくし》さえも躊躇《ためら》わずに選んで禁呪を発動させるために動く。

そして、発動に必要な死者は自分たちでなくても構わない。

この時間軸《じかんじく》にいる人間を殺害しても禁呪は発動される。

禁呪の発動を他の人間の命で賄《まかな》えるのであれば、自分たちが犠牲《ぎせい》となる必要もない。

だからこそ、アルテイン軍は必死になって他者の命を奪《うば》って回るだろう。

そうして自分たちが生き残るために他者の命を奪い、その最中で自分たちが死んだとしても禁呪は発動されて『世界の侵略』という大願の成就《じょうじゅ》に繋がる。

「本当に……胸糞《むなくそ》悪いことばかり考えるところだけは変わらねぇな」

そう、必死に怒《いか》りを抑《おさ》えながらレイドは吐《は》き捨てるように呟《つぶや》く。

「関連する禁呪の情報については私の方でまとめておきました。そちらの資料も提供させていただきますので、ぜひお役に立てていただければと思います」

「おう、わざわざ来てくれてありがとうな」

「い、いえいえっ！　レイドさまには返し切れないほどの恩がありますし、間近で賢者さまを見ることができたので大変満足ですっ!!」

そう言いながら、ミフルがぺこぺこと何度も頭を下げる。大国主として喋《しゃべ》る時は毅《き》然《ぜん》とした態度を保てるようだが、それ以外の時は素《す》に戻《もど》るようだ。

そんな時、エルリアが不意に顔を上げる。

「ん……ミフルは、総合試験の日までこっちで過ごすの？」

「ええと……そうですね。トトリさんとサヴァドさんが護衛として付いていますし、他にも知識や情報を提供できるかもしれませんから」

「他にお仕事はある？」

「いえ、当日までは厳重な警護の下で過ごす予定ですし、そちらの関係で失礼ながら各所への挨《あい》拶《さつ》も控《ひか》えさせていただこうかと思っています」

「ん、分かった」

そう短く答えてから、エルリアは何か思いついたように立ち上がる。

「トトリ、サヴァド」

「うん？　なんじゃ？」

「警護だったら心配ないよ。基本的には僕たちが行うものだし、大国主様の身分についても重鎮《じゅうちん》としか伝えていないものだからね」

「ちょっとミフルを王都まで連れて行っていい？」

「「…………は？」」

二人が同時に言葉を返す中、エルリアは自信満々といった様子で頷く。

「大丈夫、わたしが責任を持ってミフルを護衛する」

「い、いやいや待つのじゃっ!!　なんで突然《とつぜん》そんな話になったんじゃっ!?」

「ミフルと遊びに行きたいと思ったから」

「理由があまりにも気軽すぎるッッ!!」

「ええと……そもそもパルマーレからヴェガルタの王都まで数日は掛《か》かるはずだよね？　いくら当日まで時間があるって言っても――」

「わたしの転移魔法だったら五秒で着く」

「ああ……本物の賢者《けんじゃ》ってそんなこともできちゃうのかぁ……」

エルリアの言葉を聞いて、サヴァドさえも頭を抱《かか》えていた。

実際のところ、エルリアの転移魔法なら可能だろう。

なにせ普段《ふだん》のエルリアが他の移動手段を使っているのは「先に着いても一人ぼっちだし、土地勘《とちかん》もないから怖《こわ》い」という理由だ。

他にもほぼ同じ時刻に他の場所で目撃《もくげき》されると他の人を混乱させてしまうとか、レイドの魔力が特殊《とくしゅ》ということで超長距離《ちょうちょうきょり》の転移は難しいといった理由もあるそうだが、最大の理由はそんなところだったりする。

「ミフル嬢ちゃんを連れて行くってことは、俺は留守番ってことでいいのか？」

「うん。レイドは他にもやることがあると思うから」

「そうだな。他の奴《やつ》らの進捗《しんちょく》を把握《はあく》しておきたいし、さっきの情報を踏《ふ》まえて当日の動きを詳細に詰める必要がある。ところで夕飯前には帰ってくるのか？」

「ん、遅《おそ》くなったらクリスのところに泊《と》まるかもしれない」

「ああ、王城なら警備も万全《ばんぜん》だな。もし泊まるならクリス王女に約束を守れなかった代わりにエルリアを寄こしたとでも言っておいてくれ」

「なぜこの二人はちょっと近くに出かけるようなノリで言っておるんじゃ……ッ!?」

「しかも王城とか王女をご近所さんみたいな感覚で言ってるからね……」

呆《あき》れる二人を他所《よそ》に、エルリアは微笑みながら問いかける。

「ミフル……少しでいいから、一緒《いっしょ》に遊ばない？」

しばらく、ミフルは何かを考えるようにエルリアを見つめていた。

そして……微笑みながらミフルは小さく頷いて見せた。

「……そうですね、せっかくの賢者さまのお誘《さそ》いを断るわけにはいきません」

「ほ、本気で言っておるのか大国主様っ⁉」

「エルリアさま、サヴァドさんも連れて行くことはできますか？　彼は隠形《いんぎょう》、隠蔽《いんぺい》、認識《にんしき》阻害《そがい》といった魔法にも長《た》けていますし、私の耳や尻尾を隠《かく》すこともできますから」

「ん、レイドより魔力の密度が低いから大丈夫だと思う」

「はい、それじゃ決まりですねっ！」

「わしも一緒に王都で遊びたいのじゃっ‼」

「トトリさん……それは今度連れて行ってあげるから別の機会にしようか。僕たち全員がいなくなると他の人たちも困るし、今回は留守番しておこう」

「それじゃトトリは俺たちと一緒に仕事をするか」

「嫌《いや》じゃぁぁぁ……っ‼　わしもエルリアと大国主さまと遊ぶんじゃぁぁぁ……っ‼」

「分かる、ボクは分かるよ。だけど仕事は待ってくれないんだよねぇッ‼」

エリーゼが妙《みょう》に活《い》き活きとした表情で、トトリの身体を引きずるようにして執務室《しつむしつ》に戻って行った。あれは間違《まちが》いなく道連れができて喜んでいる。

「それじゃレイド、行ってくる」

「おう。それと一つ頼《たの》み事《ごと》をしていいか」

「ん……なに？」

「ミフル嬢ちゃんのことをよろしく頼んだ」

そうレイドは苦笑しながら告げる。

その言葉に対して、エルリアは笑《え》みと共に頷いた。

「うん――任せてほしい」

そして、エルリアはミフルたちと共に姿を消していった。

◆

エルリアの宣言通り、王都までは数瞬《すうしゅん》と掛からずに到着した。

転移場所は王都にあるカルドウェン邸《てい》だ。

そこなら人目に付くこともないし、今はアリシアたちも出払《ではら》っているので、ミフルのことについて問い質《ただ》されることもない。

ついでに自宅なので着替《きが》えもたくさんある。

ということで――

「――これが、ヴェガルタの王都っ!!」

私服に着替《きか》えたミフルが王都の街並みを見て目を輝《かがや》かせる。

それはもう尻尾がブンブンだった。

サヴァドの認識阻害によってミフルの耳や尻尾は見えないようになっているので心配はいらないが、この嬉しそうな姿を他の人が見られないのは少し残念だ。

「ヴェガルタの王都については写映魔具《まぐ》で拝見したこともありましたが……こうして実際に見てみると壮観《そうかん》ですっ！」

「ん、気に入ってもらえたようで何より」

「はいっ！　すごく立体的な感じですっ！」

「ヴェガルタの王都は大きな山を基盤《きばん》にして作られているから、たぶん他の国と比べても珍《めずら》しいと思う。あと湧水《ゆうすい》が潤沢《じゅんたく》だからパルマーレと少し雰囲気《ふんいき》が似てるかもしれない」

「なるほど……私の宮殿があるシェンヤンは平地にあるので、こうして傾斜《けいしゃ》などを利用した水路はすごく珍しくて新鮮《しんせん》です」

大通りを流れる水路を見つめながら、ミフルがふりふりと尻尾を揺らす。

先ほども写映魔具で見たことがあると言っていたが、こういった都市の細かい部分を眺《なが》めることができるのは、現地を訪《おとず》れた者の特権といったところだろう。

「あんまり覗《のぞ》き込《こ》みすぎると、水路に落ちちゃうかもしれない」

「あぅ……すみません、お借りした服を濡《ぬ》らしてしまうところでした……」

少しはしゃぎすぎてしまったと思ったのか、ミフルがしゅーんと尻尾を垂らす。

今のミフルは大国主としての衣装《いしょう》ではなく、カルドウェン邸の使用人に用意してもらった私服を着てもらっている。

身体の一部ならともかく、服装を含めた全身に認識阻害を掛けてしまうと、道行く人々からは「よく分からないけど何かいる」といった認識になってしまう。

それで注目を浴びてしまうと不意に認識阻害などが解けてしまうこともあるので、念のために着替えてもらったというわけだ。尻尾は大きすぎるので隠せなかったが、耳については隠せるようにキャスケットも被《かぶ》ってもらっている。

そして、エルリアは軽く耳を叩《たた》いて確認《かくにん》する。

『サヴァドの方は大丈夫?』

『僕の方は大丈夫だよ。ちゃんと見えないように付いて来ている』

そう頭の中でサヴァドの声が響《ひび》き渡る。

通信魔具を使っていると目立ってしまうし、場合によっては口の動きなどで会話を読み取られてしまう可能性もある。

しかし、今用いている互いに魔力を指向的に飛ばし合うという形式の会話であれば他者に会話を聞かれたり口の動きを読まれたりすることもなく、魔力によってエルリアたちの現在位置をサヴァドに対して示すことができる。

これで万全な体制は整ったと言えるだろう。

「それじゃ、今日はいっぱい遊ぼう」

「はいっ！　すごく楽しみですっ‼」

「まずは食べ歩きをしようと思う」

「食べ歩きですかっ！」

「うん。屋台とか露店《ろてん》が出てるから、それを食べながら歩いて街を眺めると楽しい」

「食べながら歩く……レグネアの春節で行われる縁日《えんにち》で見たことはありましたが、実際にやってみるのは初めてです……っ！」

「ん、ミフルは好きな食べ物とかある？」

「お肉が好きですっ！」

「だけど、ネズミの油揚《あぶらあ》げは無いかもしれない」

「むぅ……それってレグネアにある狐の供物《くもつ》の伝承ですよね？　確かに『獣憑き』は憑《つ》いた獣《けもの》の種類によって嗜好《しこう》が偏《かたよ》ったりしますけど」

「今のは賢者ジョーク」

「確かにレグネアの文化を知らなければ出てこないものでした……っ！」

「あと、意外とネズミは不味《まず》くない」

「た、食べたことがあるのですかっ⁉」

「うん。千年前の戦場で食糧《しょくりょう》が無かった時に食べた。人がいるところのネズミは食べない方がいいけど、森とか川にいる野生のネズミは処理すれば食べられる」

そんな会話を交《か》わしながら、エルリアたちは王都の街並みを歩いていく。

そして――

『サヴァド、一つだけお願いしたいことがある』

『うん？　どうかしたのかい？』

『ミフルと私的な会話をしたいから、少しだけ会話を遮断《しゃだん》して欲《ほ》しい』

『……理由はなんだい？』

『大国主としてじゃなくて、ミフル個人としての話だから』

『分かった。それじゃ十分後に魔力を飛ばすまで僕《ぼく》は少し離れているよ』

『ん……ありがとう』

そこで会話を終わらせてから、エルリアは静かに頷く。

「ごめんね、ミフル」

「え？　な、なにがでしょうか……？」

「せっかくレイドと会えたのに、わたしがいたせいで気を遣《つか》わせちゃったから」

そうミフルに向かって告げてから――

「本当は――今もレイドのことが好きなのに」

その言葉にミフルは一瞬《いっしゅん》驚《おどろ》いた表情を浮《う》かべながらも、すぐに首を横に振《ふ》った。

「……いいえ、賢者さま――エルリアさまが謝るようなことではありません」

そう答えてから、ミフルは自身について語り始める。

「元より最初から叶《かな》わない願いでした。私は『獣憑《けものつ》き』という人の理外から外れた身ですし、あの方は強大な力を持ちながらも人の身だと言っておりましたから」

その気持ちはエルリアにも理解できる。

それこそ――かつてエルフという長命の種族であり、同じ時間の中を歩んで行けないと知っていた身だからこそ理解できる。

「それに、レイドさまに想《おも》い人がいたのは知っていましたから」

「……そうなの?」

「はい。なにせレグネアを救ったという功績や名声を辞退して、『俺を待っている奴が戦場にいるんだ』と楽しそうに笑いながら答えていましたから」

その笑顔をエルリアは誰よりも知っている。

レイドが戦っている時に見せる、少年のような笑顔。

「その相手が誰だったのか、当時の私には知る由《よし》もありませんでしたが……そんな笑顔を思わず浮かべてしまうほど、その方のことをレイドさまが強く慕っていることには気づきました。その相手を恋愛《れんあい》小説で知ることになったのは予想外でしたけども」

「……それはわたしも予想外」

「一応、私と接触できる方にレイドさまの情報を収集してもらっていたのですが、その小説以外に何一つとして見つからなかったものですから。ですが『賢者』の実在する証拠《しょうこ》はありましたし、小説の『英雄《えいゆう》』はレイドさまを基《もと》にしていると私には分かりました」

元々、その小説は『英雄』の存在を探《さぐ》る者に対する囮《おとり》として書かれた。

しかし同時に、ウォルスが娘《むすめ》の幸福を望んで書いたものでもあった。

その著者はウォルスの記憶《きおく》を継承《けいしょう》した者であり、千年前の光景について間接的に知る者でもあったからこそ、レイドの姿や性格についても詳細に書かれている。

そして実際に会ったことがあるミフルだからこそ、それが当人だと確信したのだろう。

「そんな想い人がいると知っていたからこそ——私は大国主になったのです」

そう、ミフルは苦笑《くしょう》しながら言う。

「私のような者の言葉にも耳を傾《かたむ》け、私だけでなくレグネアの民たちを救うために自らの命を賭《と》してくれた方だったからこそ……たとえ私の抱いた願いが叶わずとも、恥《は》じることなく胸を張れるような者になろうと決めて大陸をまとめ上げました」

その時から、ミフルという少女は『大国主』となったのだろう。

自分が抱いた願いではなく、自分が想い慕った者の幸せを願おうと決めたのだろう。

そうして長い時を経ることで……少女だった頃《ころ》に抱いた想いや願いも『過去』になると信じて過ごしてきたのだろう。

しかし、千年の時が経《た》ってもミフルは忘れなかった。

レイドが現代に生きていると知って、今まで姿を見せなかった大国主としての立場を歪ませてまで再び会いに来た。

「ちなみに、最初に言ったことは本気でしたよ？　あそこでエルリアさまが何も言わなければ、私は本気でレイドさまを迎《むか》え入れるつもりでしたから」

「それはなんとなく伝わった」

「あと昔と同じ振る舞《ま》いをして私のことを思い出してもらって、それで庇護《ひご》欲《よく》を引き出しながら気を引いて最後には情で訴《うった》えるところくらいまでは考えてました」

「それは気づかなかった……」

「ふふん、なにせ私は女狐さんですからね。これでも千年生きているんです」

そう言って、ミフルが少しだけ誇《ほこ》らしげに胸を反らして見せる。

しかしミフルは少しだけ寂《さび》しげに笑った。

「ですが……やはり、大国主として過ごしてきた時間が長すぎました。たとえ想いは忘れなくても、それと同じくらい築いてきた立場も大きくなってしまいましたから」

その立場というものがどれほど重いか、それもエルリアは理解できる。

以前の自分たちが『賢者』と『英雄』という立場にあったように、それは容易に捨てられるものではなく、時として何よりも優先しなくてはならない。

そんな立場にあったからこそ、エルリアたちは互いの実力などを認め合いながらも敵として対峙《たいじ》するしかなかった。

その立場が転生という形で失われたことによって、エルリアたちは以前とは違《ちが》って一緒にいることができるようになった。

だが……ミフルの場合は逆だった。

当時のミフルは『獣憑き』ではあったものの、その中にある一人の少女でしかなかった。

しかし千年という歳月を経たことによって、今では唯一無二《ゆいいつむに》とも言える『大国主』という大きな立場に変わってしまった。

千年間も忘れずに抱いてきた想いがあろうとも、レグネアという地に存在する国や民といった存在が『ミフル』という一人の少女に戻ることを決して許さない。

「だから……これはエルリアさまが気に病《や》むようなことではありません。大国主になると決めた時点で私はレイドさまの幸せと、恥じることなく胸を張れる人生を望みました。その望みを二つとも叶えることができたんですから──私は十分に幸せ者です」

そう、ミフルは口元に笑みを浮かべながらエルリアに向かって告げる。

そして、エルリアはしばらくミフルの顔を見つめてから──

むにむにとミフルの頬を突いた。

「えっと……あの、エルリアさま？」

「ん、とりあえず色々と分かった」

しばらくミフルの頬を突いてから、エルリアは小さく頷く。

「やっぱり、食べ歩きはやめにしようと思う」

「お肉、食べられないんですか……」

「先に行っておきたいところができたから、その後に食べ歩きしよう」

そう言って、エルリアはミフルの手を引いて歩き出した。

雑多な店が並ぶ区画を抜《ぬ》けて、特に整備が行き届いて外観に気を遣っている店が立ち並ぶ区画の中に入っていく。

そして――目的の店を見つけたところで、エルリアは立ち止まった。

「ん、着いた」

「えっと、こちらのお店は……？」

「小物店。文具とか色々なものが置いてある」

そこは王都にある小物店だった。

古くから続く信頼《しんらい》と実績のある店であり、ヴェガルタ王室や高名な貴族たちの御用達《ごようたし》であるとクリスから聞いた覚えがある。

「こちらで何を買われるんですか？」

「レターセット」

「れたあせっと……？」

「んと、手紙に使う便箋《びんせん》とか封筒《ふうとう》」

「誰かにお手紙を書かれるんですか？」

「うん。ミフルに書いてもらう」

「私が……手紙を書くんですか？」

そうエルリアが答えると、ミフルが首を傾《かし》げながら頭の上に疑問符《ぎもんふ》を浮かべる。

だからこそ、エルリアは静かに頷《うなず》いてから――


「――レイドに対して、ラブレターを書こう」


真《ま》っ直《す》ぐ、ミフルを見つめながら告げる。

その直後……今度はミフルがエルリアの頬をむにむにと突いてきた。

「……とりあえず、西方の言葉に疎《うと》い私でも意味は理解できました」

「ミフルにも分かるように言うと『恋文《こいぶみ》』ってレグネアで言われているもの」

「あの、エルリアさまは婚約者《こんやくしゃ》でレイドさまと相思相愛なのですよね？」

「うん。最近になって相思相愛だと発覚した」

「それなのに同じ想い人を持つ私に恋文を書かせちゃいけませんっ!!」

ちょっとだけ怒《おこ》ったように、ミフルがむにむにと頬《ほお》を何度も突いてくる。

確かに普通《ふつう》ならそんなことをしようとは思わないだろう。

それだけではない。

大国主となって自身の想いを奥底《おくそこ》に封《ふう》じ込めたミフルに対して、その想いを再び呼び起こして言葉にしろというのが酷《こく》な仕打ちであることも理解している。

それでも――

「――想いを伝えられないのは、何よりも辛いことだとわたしは思うから」

前世で意識を失う直前、真っ先に浮かんだのはレイドの姿だった。

それが本能的に死を自覚した時に見た光景だった。

それは転生という形で新たな生を受けた後も変わらなかった。

頭の片隅《かたすみ》にはレイドの姿が常にあり、その影《かげ》を追って縋《すが》るようにレイドの存在を探して追い求めてきた。

決して消えることのない想い。

そこには――決して消えることのない『後悔《こうかい》』が残るとエルリアは知っている。

「今日、わたしが遊びに誘ったのは大国主じゃなくて『ミフル』っていう女の子」

そう思ったからこそ、エルリアは『ミフル』を連れ出した。

大国主としてではなく、一人の少女として誘った。

今日の出来事は全て大国主としての行動ではなく、『ミフル』という少女として取ったものであり、今から手に入れる手紙も『ミフル』として得るものだ。


「だから——その想いを、自分の手で殺さないで欲しい」


同じ人間を想う者だからこそ、エルリアは真っ直ぐ見つめながら告げる。

しばらく、ミフルは何も言わずにエルリアを見つめていた。

そして……小さく息を吐いてから口元に笑みを浮かべる。

「……千年前の私でしたら、ここで泣いてしまっていたでしょうね」

「長く生きていると強くなれる」

「そういえばエルリアさまも元エルフでしたね」

「……だけど、今回はさすがにわたしがお姉さんとは言えない」

「ふふん、なにせ私は千歳を超えていますからね。言わば大お姉さんですっ！」

「新たなお姉さんが生まれてしまった……」

「ええ、ですが励《はげ》ましはありがたく――あれ、このドア……っ⁉」

「内開き」

「こ、今回はちゃんと押《お》してますっ‼」

「……取っ手を回しながら押さないとダメだと思う」

「あぅ……やはり千年も宮殿《きゅうでん》に引きこもっていたのはダメでしたか……」

「わたしも外に出ないから、少しだけ気持ちは分かる」

しゅんと尻尾《しっぽ》を垂らすミフルに対して、エルリアはぽんぽんと肩《かた》を叩く。

そうして、二人は肩を並べながら小物店のドアを開けた。

清掃《せいそう》の行き届いた店内に入ると、すぐさま女性店員が近寄ってきて頭を下げる。

「いらっしゃいませ。当店をご利用いただきありがとうございます」

「………ミフル、会話は任せる」

「ええっ⁉　なんで引きこもりの私に任せるんですかっ⁉」

「だって一度もお店に入ったことないから……」

「私だって普段は顔見知りの人としか話さないんですってばっ！」

突然声を掛けられたことで、二人でわたわたとしながら小声で会話をする。店に入るところまではよかったが、その後のことを考えていなかった。

そんな二人の様子と会話を聞いてか、店員が苦笑を浮かべてから深々と頭を下げる。

「申し訳ありません、エルリア様は物静かな方であると聞き及《およ》んでおりましたが、当店の対応に不備がないようにとお声掛けした次第《しだい》です」

「……わたしのこと、知ってるの？」

「ご高名なカルドウェンの令嬢《れいじょう》を存じない者など王都にはおりませんよ。それに王女殿下《でんか》からも、エルリア様が訪れた際には丁重《ていちょう》に迎えるようにと言付かっております」

「………クリスが？」

「はい。王室と取引をさせていただいている店には全て通達が届いております」

「わたしの人見知りが付近一帯に通達されてしまっていた……」

「……エルリアさま、私が言うのもなんですが少しずつ社会復帰していきましょう」

今度はミフルにぽんぽんと肩を叩かれて慰《なぐさ》められてしまった。まだ外に出ているので多少は頑張《がんば》っていると思いたい。

それはともかく、今回は助かったと思っておくことにしよう。

「ゆっくりと店内を回られるのでしたら、後ほどお声掛けいただくことも可能ですが」

「ん……それなら、おすすめのレターセットをお願いしたい。家族みたいに親しい人とか、恋人《こいびと》に対して贈《おく》るような便箋。それを二つほどお願いしたい」

「かしこまりました。いくつかお持ちしますので少々お待ちください」

女性店員が頭を下げて立ち去る中、ミフルが小さく首を傾げる。

「えと……二つということは、エルリアさまも手紙を書かれるのですか？」

「うん。昨日友達から返事が届いたから、そのお礼の手紙を書こうと思って」

「王都内で人見知りであると通達されているエルリアさまに御友人《ごゆうじん》が……っ⁉」

「……わたしにだって友達はいる」

そうぷくりと頬を膨《ふく》らませてから、エルリアは静かに目を伏《ふ》せる。

「今は学院を離《はな》れちゃってるし、西の海峡《かいきょう》を越《こ》えた先に住んでいて通信魔具の圏外《けんがい》だから
今回は手紙でやり取りをした」

そう、エルリアは言葉を返してから――

「――そんな、わたしの大切な友達」

友人の姿を懐《なつ》かしむように、小さく笑みを浮かべた。

◇

エルリアたちが王都に向かった後。

窓から差し込む日差しが茜色《あかねいろ》に染まった頃、サヴァドから連絡《れんらく》が入った。

「エルリアたちは王城に泊まるそうだ。なんかミフル嬢《じょう》ちゃんが食べ歩きにハマって食べ過ぎたみたいで、転移して戻った瞬間《しゅんかん》に全部ブチ撒《ま》けそうってことでな」

「ああ……それは仕方ないのう……」

「うん……せっかくまとめた資料に色々と掛かったら大変だからね……」

そして、幼女二人は書類に埋《う》もれるようにしてうなだれていた。

「うぅ……わしも本当なら王都で楽しく遊んでおったはずなのに……っ!!」

「サヴァドが今度連れて行くって言ってたんだから良いじゃないか。なんか二人で仲良く過ごしていたって話だったしよ」

「そうさ……ボクなんて最近遊びに出かけた記憶さえ無いんだから……ッ!!」

「それはもう諦《あきら》めろ」

うなだれる幼女二人を適当にあしらってから、レイドは表情を改める。

「それじゃ——今日の話をまとめるとするか」

その言葉によって二人も態度を改めてから頷き返す。

「とりあえず、新しい『英雄』を生み出した方法は予想通りだ」

「……君が使っていた剣《けん》を持って逃《に》げた、ヴィティオス・アルテインってことだったね」

「もう一度確認《かくにん》するが、俺《おれ》の剣ってのは『英雄』の魔力《まりょく》で作られているんだよな？」

「そうさ。レイドくんの話だと気づかない内に紛《まぎ》れ込んでいたって話だったけど……それは君が必要だと願ったからこそ、無意識の内に魔力から生成したんだと思うよ」

当時のレイドは自身の力に見合う剣を求めていた。

それまでに多くの剣を使い潰《つぶ》していたからこそ、「自分が使っても絶対に壊《こわ》れない剣」を渇望《かつぼう》し、その強い願望から無意識下で魔力を使って作り出したとエリーゼは語った。

しかし、その『剣』はどこかに消えてしまった。

ライアットの報告では当時の皇帝《こうてい》であったヴィティオス・アルテインが持ち去ったとのことだったが、自軍の反乱によって帝都《ていと》の襲撃《しゅうげき》を受けている最中で持ち去るような宝剣《ほうけん》の類でないことは明白だ。

だが――その『剣』の価値を知っていたのなら話は別だ。

「エルリアを殺害した事実がある以上、その時点で未来のアルテイン軍も過去へと渡《わた》って来ている。しかし殺害後にも結果は変わらず、本来の目的だった『英雄』である俺と接触《せっしょく》どころか確保すらできずに死んだ……その中で残された最後の方法だったんだろうな」

そして過去に渡ってきたアルテイン軍はヴィティオスと接触し、その剣を持ち出させることで『英雄』に繋《つな》がる糸口を得た。

「それで反乱が起こって、ヴィティオスが『剣』を引き渡すことを条件に未来へと逃亡《とうぼう》したってのが一連の流れってわけだ。あれは皇帝どころか人間としても屑《くず》だったが、それでもアルテインの皇帝であることは変わらない。下手に脅《おど》して危害を加えたら未来まで変わっちまう可能性があるからな」

その可能性は以前から考えていたものだったが、確信したのはミフルがレイドのことを即座に認識《にんしき》できた時だ。

その魔力を認識できるのなら、同じ魔力で作られた『剣』の所在が探知できる可能性が高く、ヴィティオスが海を渡ってレグネアに辿《たど》り着いた可能性は完全に否定できる。

そして海に沈《しず》んだ場合であっても、昔ならともかく魔具技術の発達した現在ならば探知できても不思議ではない。むしろ魔力の性質上、探知というよりは魔具の不調や障害が海路上で起きていたことだろう。

しかし特定の海域で魔具の不調が起こったという話は無かった。

常人ならば何も思わないだろうが、未来や過去といった存在を知るレイドたちであるならば「この世界ではない別の場所に消えた」とも考えることができる。

そして……それらを裏付ける、もう一つの根拠《こんきょ》についても出てきた。

「どうして未来のアルテイン軍が『災厄《さいやく》』をパルマーレ沖に出現させたのか気になっていたが……そこが以前、ヴィティオスたちが未来に渡るために穿《うが》った『穴』の一つだったと考えれば納得《なっとく》できる。水上なら人目に付くこともないからな」

先の『災厄』によって禁呪を為《な》すのが目的だったのなら、人の少ない海に出現させる理由が何一つとしてない。

それこそエルリアの話が多く存在しているヴェガルタの王都で『災厄』を出現させれば、その目的だけでなくエルリアに対する積年の恨《うら》みを晴らすこともできただろう。

しかし、それを行わなかった。

つまり――それができなかった、もしくは意図的に行わなかった理由が存在している。

「エリーゼの話だと、過去に人員を送《おく》り込むためには多大な犠牲《ぎせい》を払《はら》う必要がある。だから以前に作った『穴』の一つを利用したってところだな」

「うむ……話を聞いたばかりのわしにとっては未来だの過去だのといった話については信じがたいものじゃが……呪術的《じゅじゅってき》観点で見ればあり得ない話ではないじゃろう」

トトリの見解では、禁呪といった強力な呪術《じゅじゅつ》は土地などに『縁《えん》』を作り上げるほどの影《えい》響《きょう》を及ぼすことがあると説明していた。

その『縁』を用いれば、同様の術式を持つ禁呪であるなら触媒《しょくばい》を減らしたとしても十分に発動することができるというのがトトリの見解だった。

「しかし……レイドよ、先に言ったことは真実なのじゃろうな?」

そう、トトリが僅《わず》かに怒気《どき》を孕《はら》ませながら尋《たず》ねてくる。

おそらく、パルマーレ海域に『災厄』を出現させた理由は生贄《いけにえ》となる者たちが足りなかったというのも理由の一つなのだろう。

しかし、それだけではない。

『穴』はどこまで行っても小さな穴でしかない。

そこから送り込める人員などは限られており、未来にいる民たちを別の時間軸《じかんじく》に移すという大規模な作戦を実行することはできない。

しかし『穴』は一つではない。

千年前、そこにはもう一つの『穴』が存在している――

「奴らの目的は――『穴』を繋いで、新しく『扉《とびら》』を作り上げることだ」

レグネアで生まれた『災厄』の穿った穴。

そして最近になって出現した『災厄』に押し広げられた穴。

それらの点と点を繋ぎ合わせ、線を引くようにして亀裂《きれつ》を入れて範囲《はんい》を大きく広げる。

それはまさしく『扉』とでも呼ぶべき巨大《きょだい》な補給路へと変わるだろう。

「それが実現すれば……レグネアは壊滅的《かいめつてき》な打撃《だげき》を受けることになるじゃろう。過去に破《は》滅《めつ》をもたらした『災厄』の出現地は、大国主の尽力《じんりょく》によって大首都シェンヤンとなって以前よりも大きく繁栄《はんえい》しておる。もしも禁呪が発動すれば多くの民が死ぬじゃろう」

「それも計算に入っているんだろうな。そこで大量の人間が死ねば、新たに別の時間軸にいる奴らを引っ張るための触媒になるって具合にな」

「……ま、過去に人員を送り込んでいる時点で多くの命を奪《うば》っているわけだしね。それこそ別の時間軸の人間は自分たちが生き残るための道具や触媒としか考えてないだろうさ」

忌々《いまいま》しそうにエリーゼが言うが、レイドは静かに首を振る。

「その言葉は正しいだろうが……向こうにとっては生存か滅亡《めつぼう》の二択《たく》っていう状況下《じょうきょうか》でもある。そして世界や人類を救う方法が一つしかないのなら、もう一方の犠牲については目を瞑《つぶ》るっていうのも分からなくもない話だ」

仮に逆の立場であれば、こちらにいる新たな時間軸の人間も同じように考える。

むしろ一方が滅亡に差し掛《か》かっている状況であれば、「こちらを存続させるための犠牲」

として考える心理的ハードルも下がるだろう。

だから全てを否定するつもりはない。

しかし、その全てを肯定《こうてい》するつもりもない。

「最悪の場合は自爆覚悟《じばくかくご》で禁呪を発動させるつもりだろうが、送り込んだ戦力が損耗《そんもう》するのは奴《やつ》らにとっても大きな痛手だ。だから計画が完全に頓挫《とんざ》したと判断するまで自害っていう手段は取らないと見ていい」

「レイドくんの話だと、相手の目標は総合試験に集まった要人たちの確保なんだよね？」

「正確には要人を確保して今後の主導権を握《にぎ》ることだ。いくら未来の魔法《まほう》技術があると言っても、この時間軸にいる全ての人間を敵に回すっていうのは現実的じゃない」

アルテイン軍における最善の戦果は「最小限の犠牲で禁呪を発動させる」というものだ。なにせ未来ではエルリアと『災厄』の手によって大幅《おおはば》に人口が減っており、そして人員を過去に送り込むためにも多大な犠牲を払っている。

全面戦争になって両陣営《じんえい》が大きく損耗するよりも、要人たちを確保して世界の主導権を握り、この時間軸にいる人間たちを奴隷《どれい》として扱《あつか》う方が今後にとっても都合がいい。

「それとアルテイン軍の奴らは既《すで》に相応の人員を送り込んでいると見ている。既に『穴』は広がっているし、総合試験の会場を制圧するために兵士を待機させているはずだ」

「ええと……たしか海の中に潜《ひそ》んでいるという話じゃったかの？　『センスイカン』という魔具を使っているとかなんとか」

「正式には魔導潜水艇《まどうせんすいてい》っていう未来で開発された物だね。現代にある魔導船《まどうせん》と違って、水中や深海に潜《もぐ》って移動する代物《しろもの》さ。ちなみに原案はレイド・フリーデン」

「それだと俺が考えたみたいになるだろ……。まぁ千年前にも似たような船が作れないか色々と考えていた時期はあったから驚《おどろ》きはしないけど」

千年前は内陸部であるヴェガルタとの戦闘《せんとう》が主体だったので棄却《ききゃく》されたが、海上戦闘を想定して戦闘に特化させた『軍艦《ぐんかん》』、そして隠密性《おんみつせい》と戦略幅《はば》を広げる『潜水艦《せんすいかん》』といった案について構想していた時期がある。

当時はレイドの頭の中にしかない絵空事でしかなかったが、それが現実として実際に作られたと言われると少しだけ感慨深《かんがいぶか》いものがある。

「こっちの人間も海中にでかい船と人間がいるとは考えないし、今は『災厄』の被害《ひがい》を受けた地域の確認や状況整理で人員も割《さ》けない。海中調査は行われるだろうが出現した海域の付近に限定されるし、東部海域は今も海流が複雑だから既存《きそん》の魔導船では入れない海域で待機しておけば事前に見つかることもないしな」

「そうだね。あまり数を用意できるものではないけど……それでも千人近くの兵士、他にも兵器や戦闘物資が搭載《とうさい》されていると見ていいかな」

「人数以上の戦力ではあるだろうけどな。魔具技術の大半も戦闘向けに進歩しているだろうし、こっちの技術水準や魔法が主体ってのも把握《はあく》されているってのもある」

「そうだね……それに『義体《ぎたい》』を使って魔獣《まじゅう》を使ってくる可能性もあるかな」

その『義体』とは、以前に条件試験で現れた武装竜《ぶそうりゅう》たちのことだとエリーゼは説明した。

魔力を入れることによって特定の生物に姿や能力を似せるといった代物であり、それによってウォルスは仮の肉体を得て父親としての役目を行い、その後の継承者《けいしょうしゃ》たちは歴史の抹消《まっしょう》や身元が特定されないように『義体』を使って活動を行っていたとのことだった。

「そっちも数が用意できる物じゃないけど……絶滅《ぜつめつ》させた抗魔《こうま》能力を持つ生物たちは現代においては脅威《きょうい》だ。こっちにも『義体』があれば天敵を模写できただろうけど……」

「お前も少しは『義体』ってのを持ってるんだろ？」

「ボクのは誰《だれ》かさんの手で土地ごと吹《ふ》っ飛ばされて大半が消えたよッ!!」

「仕方ないだろ。ファレグの坊主《ぼうず》たちが死に掛けてたんだから」

「うっ……あれは確かにボクが悪かったよ。本当はレイドくんたち以外を襲《おそ》わないはずだったのに、古い時代から補修してきた『義体』だったせいで命令系統に不具合が生じていたというか、なんかこう色々と不慮《ふりょ》の事態があってさ……」

「本当に俺たちがいて良かったな」

「その節は本当にありがとうございます助かりましたァッ‼」

エリーゼが即座《そくざ》にソファを飛び降りて地面に額を擦《す》りつけていた。ここまで土下座することに躊躇《ちゅうちょ》がない幼女は見たくなかった。

「しかし……その者たちの潜伏先《せんぷくさき》についてレイドは見当が付いておるんじゃろ？」

「推測だけど自信はあるってところだ。他の奴らに見つからないためにも当日まで浮上《ふじょう》しないだろうし、そこから最短距離《きょり》で進行できる海域、そして艦船《かんせん》が接岸できて物資等を運び出せる場所ってなると該当箇所《がいとうかしょ》は限られるしな」

「それならば、こちらが先手を打つこともできるはずじゃろう。もしくは進路上に罠《わな》や結界を仕掛《しか》けておくこともできる。なぜ当日まで何もしないんじゃ」

「こっちの戦力は海上戦や海中戦に慣れていないし、それが可能な人員も限られるから先手を打つのは論外だ。罠や結界についても、レグネアの宮殿に気づかれることなく侵入《しんにゅう》できる時点で無意味ってもんだろうよ」

「しかし……仮にもこちらには特級魔法士が三名、それに『災厄』を倒《たお》すことができるほどの力を持ったレイドとエルリアもおるじゃろう」

「全員を殺害できる条件だったらできるだろうが、それで千人近くを無力化して拘束《こうそく》するのは無理だ。それこそ全員が舌を噛《か》み切ったら禁呪が発動して何もかも吹き飛ぶぞ」

焦れた表情を浮かべるトトリに対して、レイドは淡々《たんたん》とした口調で語る。

「禁呪が発動すればレグネアに一番被害が出るのは俺も理解している。だからこそ万全《ばんぜん》を期した状況で迎え撃《う》たないといけないんだ」

「それはわしも理解しておる……しかし、それは全ておぬしの推測や想定が当たった場合の話とも言えるじゃろう。当日に動くという確証も無ければ、おぬしが示した場所に襲撃《しゅうげき》者《しゃ》たちが確実に現れるという確証もない机上《きじょう》の空論とも言えるものじゃ」

この迎撃《げいげき》作戦は全てレイドの推測や想定に基づいて組まれている。

たとえレイドには絶対の確信があったとしても、他者から見れば根拠や信憑性《しんぴょうせい》に欠ける作戦として映るのも当然と言えるだろう。

しかし――

「机上の空論じゃなくて、俺のは経験則《けいけんそく》ってやつだ」

「……経験則じゃと？」

「俺が千年前に相手にしていたのは魔獣や数百人程度の武装集団じゃない。しかも魔法や魔具《まぐ》なんてものも無かった時代だからこそ、地の利、時の利、戦力、兵糧《ひょうろう》、戦略、戦術、情報、妨害《ぼうがい》工作、その全てを駆使《くし》するのが『戦争』ってやつだ」

『魔法』という強大な力によって、戦術や戦略の選択肢《せんたくし》は大きく広がった。

しかし、それによって軽視されるようになった戦術や戦略もある。

地の利が無ければ、魔法によって地形を変えたり拠点《きょてん》を生成すればいい。

時間や兵糧が無ければ、魔法による高速戦や広範囲《こうはんい》殲滅《せんめつ》で短期決着を選べばいい。

そういった解決方法まで実現できるようになっただけでなく、『魔法』以上に強力な技術が存在していなかったのも理由の一つだろう。

しかし今回の相手は違う。

現代よりも遥《はる》かに進んだ魔法や魔具の技術を持っているのは明白であり、それらと比べれば現代の魔法技術は劣《おと》っていると言わざるを得ない。

そんな『弱者側』の戦い方を魔法士たちは知らない。

しかしレイドは『弱者』としての戦い方も知っている。

アルテインは大国であり機械という優《すぐ》れた技術も持っていたが、それでも魔法という圧《あっ》倒的《とうてき》な力に敵《かな》わなかったからこそ様々な手法を取り入れて戦ってきた。

「俺は千年前に数万から数十万の人間がいる『国』を相手にしてきた。そこには賢者《けんじゃ》のいたヴェガルタだけじゃなく、その周辺にある大小様々な国もあった。そいつらが無計画な侵略《しんりゃく》でバカみたいに広がった領土に向かって、四六時中攻め込《せこ》んでくるのが日常だった」

現在は統合されてしまったが、千年前には多くの独立した国があった。

それらが徒党を組んで侵攻《しんこう》してくることもあれば、個々でアルテインの領土に踏《ふ》み込んで戦《いくさ》を仕掛けてくることもあった。

「そんな中で俺は五十年近く『英雄』なんて呼ばれてきた。前線の近くにいた村人といった非戦闘員たちも俺の言葉を信じて働いてくれた。それは賢者と唯一《ゆいいつ》渡《わた》り合えるっていうだけじゃなくて、俺がアルテインの将軍として築き上げた功績があったからだ」

部下たちを始めとした、レイドを知る多くの者たちが信じていた。

レイドという存在を疎《うと》んじていながらも、アルテインの皇帝や上層部の重鎮《じゅうちん》たちは別の人間に替えることもできずに使い続けるしかなかった。

そうでなくては——アルテインの広大な領土を維持《いじ》することができなかったからだ。

「——ただ強いだけの奴だったら、俺は『英雄』とは呼ばれてねぇよ」

そう、レイドは不敵な笑《え》みと共に告げた。

四章

今日、行われるものは何か。

それに対して多くの者たちは『総合試験』と答えるだろう。

しかし――事情を知る者たちにとっては違う。

「あぁ……もう胃が痛くなってきたよ……」

「ん……大丈夫《だいじょうぶ》、たくさん胃薬を用意しておいた」

「それは何も大丈夫じゃないんだよぉぉぉ……っ」

エリーゼが青ざめた表情で言うと、エルリアがさすさすと背中を撫《な》で回す。

現在、レイドたちはパルマーレの魔法学院に用意された会場にいる。

それらは賓客《ひんかく》と観覧客のために用意された場所であり、その中央には巨大な投影魔具《とうえいまぐ》が設置されて試験の様子を眺《なが》めることができるようになっている。

そして、今いる部屋は仮設された魔具の制御室《せいぎょしつ》といったところだ。

そんなエリーゼの様子を見て、アルマは上機嫌《じょうきげん》な様子でカラカラと笑う。

「そんな今さら心配しても仕方ないでしょうよ。閣下を信じておきなさいってば」

「……一番の不安要素は君だったんだけどねぇ。君の魔法が完成したのも二日前だったし、それまで連絡も付かなかったから人員から外すか本気で悩《なや》んでたんだから」

「いやぁ……エドワードの奴が思っていた以上に優秀《ゆうしゅう》で、他にも色々できそうなことを組《く》み込んでたら楽しくなってギリギリになっちゃったのよねぇ。その後は二人揃《そろ》ってブッ倒れたから連絡にも気づかなかったし」

「おー、そんなにエド兄さんが役に立ったのか」

「そりゃもうっ！　知識も正確で一分野に限らず幅広《はばひろ》いし、こっちが提示した応用の是非《ぜひ》についても答えてくれるしっ！　あれは絶対引《ひ》き抜いてあたしの下に連れてくるわっ‼」

「ぜひそうしてやってくれ。魔法士になることを諦めて研究職になった人だし、特級魔法士の専属研究者ってことで日の目を見るなら弟としても嬉《うれ》しいってもんだ」

「よっしゃーっ！　優秀な助手に面倒《めんどう》な研究押し付けるぞぉーっ‼」

よほどエドワードのことが気に入ったのか、アルマは嬉しそうに笑いながら諸手《もろて》を上げていた。今後もエドワードの苦労は増えることになりそうだ。

「そんじゃ開会式も始まりそうだし、あたしも配置に付いてくるわ。後で閣下には魔法の感想を教えてあげるから期待しておきなさい」

「おう。全部終わった後には酒でも飲もうって伝えておいてくれ」

「はいはーい。そんじゃ細かいことは任せたわよー」

そう言って、アルマはひらひらと手を振《ふ》りながら部屋を去っていった。

その魔装具に付けられた――白と青の連合旗をなびかせながら。

その後ろ姿を見送ったところで、エリーゼが深々と溜息《ためいき》をつく。

「アルマちゃんが間に合ってくれて本当によかったよ。今回のアルテイン軍を相手にできる人間は限られているからね」

「そうだな。今回の人員に求められるのは単純な殲滅力《せんめつりょく》や火力じゃなくて、相手を殺さずに耐《た》え続ける持久戦が主体だ。それができる人間は相当限られる」

今回の作戦は相手を殲滅して終わるものではない。

むしろ相手を殲滅してしまえば禁呪を発動させる機会を与《あた》えることになる。

そしてこちらの陣営が倒れることも許されない。

そのため今回の作戦に起用できる人間は殲滅力に長《た》けた者ではなく、持久戦や防衛戦に長《た》けた者、なおかつ抗魔弾《こうまだん》等による被害を受ける可能性が低い遠距離戦闘《えんきょりせんとう》や間接戦闘を得意とする者でないといけなかった。

「だけど……アルマちゃんはともかく、他の面子《めんつ》を聞いた時には驚いたけどね」

「まぁ一方は魔法士を引退していて、もう一方は意思疎通《そつう》ができない相手だからな。だけどエルリアの話だと快諾《かいだく》してくれて、既に待機してもらっているから安心していい」

そんな会話を交《か》わしていた時……部屋のドアがノックされた。

「これは……外開きのドアっ！」

「内開きだぞ」

「あぅ……どうして二択なのに外してしまうのでしょう……」

そんなことを呟《つぶや》きながら、ミフルが耳をしょぼんと垂らして入ってきた。

「もうすぐ開会式だろ。こんなところに来ていて大丈夫なのか？」

「ええと……すみません、本当はもっと早く来るつもりだったのですが」

躊躇したような表情を浮《う》かべながらも、ミフルは意を決したように口元を引き締《し》める。

「レイドさまに──お渡ししたい物があって来ました」

そう言って、ミフルは両手で一通の便箋を差し出してくる。

「これは？」

「こ、ここっ恋文ですっ!!」

「…………は？」

「不肖《ふしょう》ながら、レイドさまへの想《おも》いを綴《つづ》って参りましたっ!!」

それはもう顔を真っ赤にしながらミフルは言う。

「ほ、本当は最後まで心に秘《ひ》めておこうかと悩みましたが……それでも、背中を押してもらっておいて今さらやめてしまったら、恋敵《こいがたき》という土俵にも上がれませんから」

そう、エルリアに対して小さく笑みを向けながらミフルは言う。

そんな二人の様子を見て、レイドも表情を改めてから静かに頷いた。

「分かった。ありがたく受け取るよ、ミフル嬢ちゃん」

「わ、私はいつでもレイドさまなら歓迎《かんげい》ですからっ！　千歳超《こ》えちゃってますけど見た目は当時のままですしっ！　大国主を退位した後でしたら嫁《よめ》や第二夫人もいけますっ!!」

「待ってミフル、そこまで言うとは聞いてない」

「ふふん、それは私に告白の機会を与えてしまったエルリアさまの慢心《まんしん》ですっ！　なにせ私は女狐《めぎつね》さん、婚約者が眼前にいたとしても誘惑《ゆうわく》してみせましょうっ!!」

ミフルが手で狐の形を作りながら、エルリアに対して挑戦的《ちょうせんてき》な笑みを向ける。とりあえず、一週間前に二人の間で何かあったということは分かった。

そんな二人の様子に苦笑《くしょう》していた時、ミフルが表情を改めてから虚空《こくう》に手を入れる。

「それと――こちらも、レイドさまにお贈りします」

そう言ってミフルが差し出してきたのは――一振《ひとふ》りの『剣』だった。

それは、千年前にレイドが使っていた剣とよく似ていた。

「千年間、私はこの剣に欠かすことなく魔力を注いで祈《いの》りを捧《ささ》げておりました。元は我《わ》が国《くに》を救った荒神《こうじん》様の御神体《しんたい》でしたが、再び今世に現れたのも何かの縁だったのでしょう」

その剣には一切《いっさい》の綻《ほころ》びや傷が存在していなかった。

レグネアには「魔剣《まけん》」や「妖刀《ようとう》」と呼ばれる物が存在していると聞いたことがある。

それらは鍛冶師《かじし》が鍛錬《たんれん》の際に魔力を込め、その後に膨大《ぼうだい》な時間と量の魔力を注《そそ》ぎ込むことで本来の刀剣《とうけん》とは異なる性質を持ち、決して朽《く》ちることがないと伝えられている。

だが、それだけではない。

レグネアでは「自身の魔力を込めた武器を贈る」という行為《こうい》には一つの意味がある。

それは千年前に伝え聞いた話なので、おそらくエルリアさえも知らないだろう。

その意味とは――

「――受け取っていただけますか、レイドさま」

穏《おだ》やかな微笑《びしょう》と共にミフルが剣を差し出してくる。

そんなミフルに対して、レイドも笑みを見せながら剣に手を掛けた。

「ああ。こちらも頂戴《ちょうだい》させてもらう」

「はいっ！　私の魔力と愛情がたっぷりですっ！」

「わ、わたしも剣ならレイドに贈ったことある……っ！」

「ですが私の剣は千年分の魔力ですよ？　しかもレグネア秘伝の鍛錬法によって創り上げた代物なので、レイドさまの力にも耐えることができる最上の大業物《おおわざもの》ですっ！」

「……レイド、二刀流にするつもりはない？」

「大剣《たいけん》で二刀流かよ。たぶんできるけど」

「わたしも今度はすごい剣を作るから、その時は二刀流にしよう」

何やら対抗心《たいこうしん》が芽生えたのか、エルリアが意気込《いきご》みと共にふんふんと頷《うなず》いていた。これは期待に応えないといけない雰囲気《ふんいき》だ。

「それでは、私は開会式の挨拶《あいさつ》と大国主としての披露《ひろう》があるので失礼させていただきます。皆様《みなさま》の計画が上手《うま》く運ぶことを祈っております」

そう綺麗《きれい》にお辞儀《じぎ》をしてから、ミフルは外で待機していたトトリを連れて立ち去った。

そして、受け取った剣を眺めながらレイドは軽く息を吐《は》く。

「まったく、大層な物を受け取っちまったな」

「ん……でも、ちょうど良かったかもしれない。最後はレイドに任せる流れだったし、得《え》物《もの》を持っている相手に素手《すで》で戦い続けるのは危ないと思ってたから」

少しだけエルリアが表情を歪《ゆが》ませる。

地下遺跡《いせき》で出会った、顔に傷を持つ白髪《はくはつ》の男。

そして、レイドと同じく『英雄《えいゆう》』としての力を宿した男。

その実力は拮抗《きっこう》したものとなるだろう。

向こうは新しく生まれた『英雄』とはいえ、その力について深く理解している。

対してレイドは『英雄』の力を長年に亘《わた》って振るってきたが、その力の理解度については皆無《かいむ》とすら言っていいだろう。

しかし――

「――それでも、『英雄』の俺が相手をしてやらないとな」

あの男を相手にするのは同じ『英雄』でなくてはいけない。

その役目は他の誰であろうとできない。

『英雄』という存在の意味を誰よりも理解しているレイドでなくてはいけない。

そう考えていると……不意にエルリアが頭をぽんぽんと叩《たた》いてきた。

「……なんだ？」

「ん、おまじない。レイドが勝つから事前にご褒美《ほうび》として頭を撫でておく」

「なるほど、勝った褒美だったか」

「うん。もう受け取っちゃったから、レイドは絶対に勝たないといけない」

そう言って、熱心にエルリアは頭をぽんぽんと叩いてから――

「――だから、わたし以外の人に負けないでね」


その言葉を聞いて、レイドも笑いながらエルリアの頭を撫で返す。

「おう。お前以外の奴に負けるつもりはねぇさ」

「なぜかわたしも頭を撫でられてしまった」

「おまじないは確実に成功するから、こっちも先に褒美を与えておこうってな」

「なるほど、それなら納得」

「……ねぇ君たち、ボクがいるのを忘れてイチャイチャしないでくれるかい？」

「イチャイチャしているわけじゃない」

「あぁ……こんな時でも君たちは変わらないってことだね……」

エリーゼが生温《なまぬる》い視線を向けてくる中、レイドは静かに立ち上がる。

「戦の前だから、こうやって普段《ふだん》通りに振る舞《ま》うのが一番なんだよ。そうやって過ごせる日常ってものがあるからこそ――そいつを守ってやろうって気概《きがい》を抱くんだ」

そうして、レイドが不敵な笑みを浮かべた直後――

『──これより、本年度の第一次総合試験を開始します』
会場全体に鳴り響《ひび》いた声によって、アルテイン軍との開戦が宣告された。

□

暗い、どこまでも暗い光景が窓ガラスの向こうで広がっている。
そんな深海の光景は、まるで自分たちの未来を眺めているようだった。
何一つとして希望がない未来。
ただ何もできずに滅《ほろ》び、最後には何も残らない閉ざされた未来。
それが自分たちに与えられた未来だった。
何とも理不尽《りふじん》な話だと思った。
今では遠い昔となった、過去の出来事によって生まれた『魔王《まおう》』という存在。
これが御伽話《おとぎばなし》だったら、きっと勇者が現れて魔王を倒してくれただろう。
そうして世界は平和になって、自分たちの未来にも光が差していただろう。

しかし、魔王を討《う》ち滅ぼす勇者は現れなかった。

それどころか、人類の希望と呼ばれていた『英雄』さえも姿を消してしまった。

何一つとして納得できなかった。

自分たちの未来が閉ざされていることも、遠い過去の因果によって自分たちが滅ぼされようとしていることも、裏切り者に唆《そその》かされて人類を守る責務を放棄《ほうき》した『英雄』という存在も、巨悪《きょあく》を討ち滅ぼす御伽話のような勇者が現れなかったことも。

何もかも納得することができなかった。

だからこそ——

「——閣下、ディアン閣下ッ!!」

自分の名を呼ぶ声を聞いて、舌打ちをしながら静かに顔を上げる。

「チッ……うるせぇな。耳元でギャーギャー喚《わめ》くんじゃねぇよ、ブラッキオ」

「ハッ！　失礼致《いた》しました、ディアン閣下ッ!!」

「うぜぇから閣下って呼び方もやめろって言ってんだろ。こっちは『英雄』の力に運よく適合したってだけで、てめぇらの上官でも何でもねぇんだよ」

「しかし、『英雄』に適合した方々は軍事権を有する階級に位置付けられておりますッ！　我々一般兵《いっぱんへい》の指揮権と使用権を得ることから、将軍閣下とお呼びするのが適切かとッ!!」

表情を変えることなく、副官であるブラッキオがこちらに向かって敬礼する。

そんな副官から目を逸《そ》らしてから、ディアンはつまらなそうに顔の傷を掻《か》いた。

「んで、声を掛けたってことは用件があるんだろ」

「ハッ！　閣下が休息を取られている最中だと存じてはおりましたが、作戦決行の時間が迫《せま》ってきたため御声《こえ》を掛けさせていただきましたッ!!」

「へーへー、そうかい。確かに俺らの世界を救う重要な作戦だったな」

そんな心にもない言葉を口にしながら、ディアンはわざとらしく欠伸《あくび》をする。

確かに重要な作戦ではある。

過去に生成した二つの次元孔《じげんこう》を繋げて『扉』とし、分岐《ぶんき》した時間軸同士を繋げることによって二つの時間軸を往来できるようになれば滅びゆく人類を救うことができる。

そのために多大な犠牲を払ったからこそ、この作戦は決して失敗することができない。

しかし、決して難度の高い作戦というわけではない。

こちらの時間軸では別の形で『魔法』が発展している。

だが、それらは全て自分たちの技術と比べたら粗末《そまつ》なものだった。

千年以上の技術差があるのだから当然と言えば当然だが、こちらの時間軸では魔法が戦闘だけでなく日常にも幅広く使われていて研究方針が分散しており、国同士の大きな戦争や明確な脅威もないので魔法技術の競争も激化していない。

それこそ、この時間軸にいる最高峰《さいこうほう》の魔法士ですら脅威とは見なしていない。

さすがに一般兵たちに砂漠《さばく》で遭遇《そうぐう》した魔法士の相手をさせるのは酷《こく》だったが、それでも然《しか》るべき人数を割いて応戦させれば容易に討ち取れる程度だ。

それこそ『英雄』の力を身に宿しているディアンであれば、どれだけ数を揃えてこようと一撃《いちげき》で葬《ほうむ》り去ることができるだろう。

だからこそ……余計に苛立《いらだ》ちが募《つの》っていく。

自分たちが知らない、『平和』とでも言うべき世界で生きている者たち。

それらが当たり前のように存在していて、それらを甘受《かんじゅ》するのが当然のように平穏《へいおん》な日常を過ごしていて、命の危険や食事に困ることなく漫然《まんぜん》と過ごして生きている。

必死に生き残ろうとしてきた自分たちには滅びの未来を与えられて、漫然と生きている者たちには輝《かがや》かしい未来が与えられている。

だから、奪うことには何一つとして躊躇はない。

漫然とした世界に生きる者たちが犠牲になろうと心が痛むことはない。

自分たちが『魔王』という圧倒的強者に蹂躙《じゅうりん》されたように、自分たちがこの時間軸にいる人間たちを蹂躙して奪い取るというだけの単純な話だ。

だが――

「それで、レイド・フリーデンは本物だったんだろうな」

「ハッ！　遠視による魔力識別《まりょくしきべつ》を行ったところ、『神域』にて観測される魔力波長が対象から確認《かくにん》されたとのことですッ！　現時間軸から千年前に観測された波長とも合致《がっち》することから、『英雄』と呼ばれていたレイド・フリーデンと同一人物でしょうッ！」

「ったく……まさか俺《おれ》たちを救った賢者が敵とはな」

レイド・フリーデンという人物は良くも悪くも多くの影響を世界に与えた。

一部の地域で使われていた『魔術《まじゅつ》』という儀式《ぎしき》に着目し、それらを理論や技術的に解明し、千年後に創り出される『魔法』という新技術の礎《いしずえ》を築いた偉大《いだい》な人物。

今では『魔王』として最上位に君臨している者でさえも、その根本には『賢者』の記した理論を基《もと》にして魔法を創り上げたと言われている。

見方を変えれば、『賢者』がいたからこそ自分たちの世界は滅びに向かって舵《かじ》を切ったとも言えるが……それらに対抗《たいこう》する術も『賢者』の遺産に依《よ》るところが多かった。

魔法に関する理論とは、『賢者』が遺《のこ》した功績の一部でしかない。

むしろ魔法に関する内容に着目したのは『魔王』であるエルリア・カルドウェン、そして『英雄』の魔法を創り上げた者たちだけで、大抵《たいてい》の者は見向きもしていなかった。

本来の功績は数学、医学、力学、化学、植物学、動物学、天文学、地質学など……挙げればキリがないほどの幅広い分野において業績を残し、アルテインにおける全ての技術を数百年ほど先に進めただけでなく、当時では理解できなかった理論が千年後に解明されたという話さえもあった。

それら『賢者』の遺産が無ければ、人類は早々に滅んでいたとも言われている。

代わりに武術の才などには恵《めぐ》まれなかったという話だったが……この時間軸で『英雄』と呼ばれていたことを考えると実際は違《ちが》っていたのだろう。

しかし──

「──まあ、敵だって言うなら踏み潰《つぶ》すだけの話だ」

既に『英雄』を再現する方法は確立されている。

千年前のアルテイン皇帝《こうてい》……ヴィティオスが所持していた『英雄』の剣《けん》を解析《かいせき》することによって、その魔法を構成している術式の大部分が復元された。

適合できる人間は限られているが、以前に行われたレイド・フリーデンに魔法を完成させる手段を取る必要もなく、むしろ現状における最大の脅威となっている。

だが、砂漠で見た時には『英雄』としての力を完全に引き出してはいなかった。

強引《ごういん》に力を振るっているだけの相手ならば容易に討ち取ることができる。

「レイド・フリーデンとエルリア・カルドウェンだけは見つけ次第《しだい》ブッ殺せ。そいつらは俺たち人類を裏切った『英雄』の宿主であり、世界を破滅させる『魔王』の分体と呼ぶべき存在だ。生かしておくだけ無駄《むだ》でしかねぇからな」

作戦に変更《へんこう》はない。

自分の役目はアルテインの『英雄』として滅びゆく人類を守ることだ。

「配置した全隊に通信を繋《つな》げ」

ディアンの言葉に従い、通信機の回線が開かれる。

「『英雄』のディアンだ。作戦は予定通りに決行、第一部隊で目標の学院を制圧、第二部隊は周辺に配備された魔法士の排除《はいじょ》と民間人の拘束、第三部隊は遊んでいるガキ共の捕縛《ほばく》だ。これより所定のルートを進行して配置につけ」

先日に『災厄《さいやく》』を使って次元孔を広げたことによって、千人近くの人員と武装をこちらの時間軸に送《おく》り込むことができた。

それによって……向こうでは万を超《こ》える人間の命が犠牲《ぎせい》になった。

だからこそ足を止めることは許されない。

「制圧後には容赦《ようしゃ》なく殺せ、それができなければ潔《いさぎよ》く死ね。たとえてめぇらが無様に死んだとしても――『英雄』の俺が人類の礎となったてめぇらのことを覚えておいてやる」

慣れない檄《げき》を飛ばしてから、ディアンは軽く手を下げて通信を切った。

この作戦に失敗はない。

もしも制圧や交渉《こうしょう》に失敗したところで、こちらの人間が死ねば『扉《とびら》』を生成するための術式は発動される。

最悪の事態に陥《おちい》った場合、兵士たちに取り付けられた自害用の魔具が心臓を吹き飛ばし、その血と命を散らして術式の完成に至る。

そして、それさえも叶《かな》わない時には――

「閣下、第三部隊からの通信です」

「ああ？　バージェスの部隊か？」

「はい。所定ルートのいくつかに障害物が置かれているとの報告です」

「……障害物？」

「本日行われる総合試験という行事のために配置された物だと見られます。しかし大きな障害物ではなく、僅《わず》かなルート修正を行うという旨《むね》の報告でした」

「予定時刻に配置が完了《かんりょう》するなら構わねぇって伝えとけ。下手に見つかって人質《ひとじち》にする予定のガキ共に騒《さわ》がれても面倒だし、殺せば交渉材料が減っちまうからよ」

この時間軸《じかんじく》の人間を殺すのは、目標地点の制圧後に行わなくてはいけない。

生贄《いけにえ》に必要な人間の数は魔力量によって大きく変わる。

魔力量が未成熟な子供では想定よりも多く殺害する必要があり、第二部隊が担当する魔法関連の訓練を受けていない民間人についても同様だ。

必要のない虐殺《ぎゃくさつ》を行えば、どこまでも深く根深い恨《うら》みを生み出すことになる。

『魔王』が人類を虐殺して回った時のように、全ての命を賭《と》して仇敵《きゅうてき》を討とうと考える。

その矛先《ほこさき》が自分たちに向かえば、今後活動していく上で大きな妨《さまた》げになると踏んだからこそ「生贄を選ぶ」という形を取ることにした。

優れた魔法士たちを生贄とすれば、相手の戦力を削《そ》ぐだけでなく今後の支配についても効率よく進めることができる。

それに逆らうのであれば、見せしめという形で虐殺の大義名分ができる。

「……クソみてぇな話だな」

「は？」

「独り言だ。いちいち反応すんじゃねぇよ」

この作戦の立案者はディアンではない。

他の時間軸を奪《うば》いに行くという方法を採ったのは、かろうじて国としての体裁《ていさい》を保っているアルテインの重鎮たちと皇族だ。

そして、その方法を提案した者はアルテインを大国にした実績を持っている。

だからこそ、その決定や方針に対して口出しすることはない。

たとえ人の道から外れていようとも、それで世界が救えるのなら構わない。

それこそが──『英雄』という役目を帯びた者の為《な》すべきことだ。


「さあ──生き残りを懸《か》けた戦争を始めるぞ」

□

総合試験の開会式が執《と》り行われている最中。

試験に参加する生徒たちは試験会場で準備を進めていた。

「ああッ……不安、超不安《ちょうふあん》すぎる部門堂々たる一位って感じです……ッ!!」

「落ち着けミリス嬢《じょう》、挙動不審《きょどうふしん》が極《きわ》まっているぞ」

「私は常に挙動不審ですけどっ!?」

「……ふむ、言われてみればそうだったな」

「あれ、疲労《ひろう》のせいかウィゼルさんの言葉にも覇気《はき》がないですね？」

「ああ……ここ数日は学院長に頼《たの》まれて魔具の調整などを手伝っていたからな。しかも姉と通信魔具を繋いで助言を受けながらの作業だったので疲労も倍増だ」

「いや会話だけで疲労が倍になるお姉さんってなんですか」

「姉は表現が独特というか、自分の頭の中だけにある言葉と表現で会話をしてくるような人でな……本当に会話だけで疲《つか》れるんだ……」

「なんかもう、緊迫《きんぱく》した状況《じょうきょう》が迫っている中でも疲れた表情ができるウィゼルさんを見ていると逆に安心してきました」

そう穏やかな表情で、ミリスはウィゼルの肩《かた》をぽんぽんと叩く。

「ですが、ランバットさんが不安になる気持ちも分かります」

「そうっすねぇ……今のところは何も起きてないみたいですけど、何か起こるって知っている身としては落ち着いていろってのが無理な話っすよ」

そうヴァルクとルーカスも僅かに緊張《きんちょう》した面《おも》持ちで言う。

既《すで》にレイドから詳細《しょうさい》については聞かされている。

総合試験当日に襲撃《しゅうげき》が起こる。

しかも普通《ふつう》の襲撃者ではなく、自分たちより遥かに優れた魔法《まほう》技術を持つ者たちであり、それに関連するレイドたちの事情についても聞かされている。

そんな四人の様子を見たことによって――

「――お前たち、何故《なぜ》そんなに浮かない顔をしているんだッ!!」

ただ一人、ファレグだけは高揚感《こうようかん》を抑《おさ》えられない様子で表情を輝かせていた。

「お前たちも聞いただろうッ！　カルドウェンは千年前に魔法を生み出した本物の賢者であり、フリーデンはそんな賢者と渡《わた》り合ってきた者だとッ!!」

「いや、そこについては俺たちも疑ってはないっすけどね」

「むしろ二人のデタラメな強さには理由があったと知って安心したくらいです」

「あー、私たちも最初聞いた時はそんな感じでしたねぇ……」

「驚《おどろ》きや疑念よりも安心感を抱くというのは共通するものらしいな」

四人が神妙《しんみょう》な面持ちで頷く中、ファレグは頷きながら胸を反らす。

「やはり僕《ぼく》は只者《ただもの》ではないと思っていたんだッ！　あれだけの強さは連綿と受け継《つ》いできた選ばれし血を引く者や、何か特異な事情を持つ者でなければ出せないとなッ!!」

「……ヴァルクさん、なんでそちらの坊《ぼっ》ちゃんはテンション高いんです？」

「申し訳ありません。うちの坊《ぼ》っちゃんは精神年齢《ねんれい》などが初等部の子供と同等なものですから、レイドさまたちから聞いた特別な事情や経緯《けいい》だけでなく、それらの事実を自分たちしか知らないという立場になったことで嬉しくてはしゃいでいるようです」

「ああ……なんか男の子ってそういうの好きですもんねぇ……」

「そういうことです。思春期の男性にありがちな、自分の現状や実力は何一つとして変わっていないのに自分のことを特別な存在と思《おも》い込む病気と思っていただければ幸いです」

「病気扱《あつか》いされている僕は何一つ幸いじゃないんだがッ⁉」

「あまり他の方がいる場所で吠《ほ》えないでください。坊っちゃんが自室の机に鍵《かぎ》を掛《か》けて箱に収納している手袋《てぶくろ》や眼帯、密《ひそ》かにしたためていた必殺《ひっさつ》技ノートなどを公開しますよ」

「なんで鍵を掛けていたのに中身を知っているんだよッ⁉」

「使用人として主人が鍵を紛失《ふんしつ》した際、素早《すばや》く鍵を開けられるように鍵開け技術を習得しているものでして。そこで何やら面白《おもしろ》そうな物を見つけたので開けちゃいました」

「それで開けちゃダメだろうッ‼」

「ちなみに必殺技ノートについてはルーカスが一晩で全て複写してくれました」

「ああ……あの時は頭痛と耳鳴りが止《や》まなくて本当に辛かったんすよねぇ……」

「僕が保管していた物を勝手に複写して禁書みたいに扱うのはやめろッ‼」

そう怒鳴《どな》り返しながらも、ファレグは自分を落ち着かせるように深く息を吐く。

「だが、あの二人が事を進めているのなら問題ないはずだ。どちらもデタラメな力を持っているし、フリーデンは戦術等にも長けているという話だったしな」

「かつてレイドさんを平民と呼んでいた身とは思えない変わり身っぷりですね」

「そんなことを言ったら、またあの女の踵《かかと》が顔面に飛んでくる……ッ!!」

「何やら別のトラウマが増えたようだな」

「ともかくッ！　あいつらが大丈夫だと言ったんだ。そちらを気にするのではなく、僕たちは自分の総合試験に集中するべきだろう」

そう、眼前に集まっている面々に視線を向けながらファレグは言う。

今、ファレグたちの前には多くの学院生たちが集まっている。

見慣れた同じクラスの面々だけでなく、時折行われていた合同訓練や食堂といった共同施設《しせつ》で見かけた他クラスの人間……つまりファレグたちと同じ時期に入学した者たちだ。

そして、ファレグは目立つように全員の前に出る。

「——これより、総合試験における僕たちの行動方針を確認するッ!!」

声を張り上げた瞬間《しゅんかん》、その場にいた者たちの注目がファレグに集まる。

「前回の条件試験で僕たちの班は最高得点を記録し、今回の総合試験における全体指揮を任されることになったッ！　他の学院や振り分けを終えた上位生徒たちが混在していようとも、必ずやお前たちに勝利をもたらすつもりで臨《のぞ》んでいるッ!!」

　大勢の生徒たちを前にしようとも、決して動じることなくファレグは声を張る。

　ヴェルミナン家の嫡男《ちゃくなん》として、自信に満ちた堂々たる姿を見せつける。

「これから僕たちが行うのは──『ゴミ処理』だッ!!」

　そう告げた瞬間、会場の空気が凍《こお》りつくように冷え切った。

……………………。

……………………………。

「やっぱり今のは無かったことにしてくれッッ!!」

「ファレグさん、大舞台《おおぶたい》でスべった時は最後までスべり切ってください」

「だが、ヴェルミナン卿《きょう》の言った表現も間違《まちが》いではない」

　そう補足を加えてから、ウィゼルが説明を引き継ぐ。

「今回の総合試験は『大部隊による総合行動』というのが正式な課題だ。先の超大型魔獣《ちょうおおがたまじゅう》の襲来《しゅうらい》を受けて出た瓦礫《がれき》、廃材《はいざい》等を集積した場所が陣地《じんち》として割《わ》り振られている。それらの保持していた重量が今回の試験における点数となるが──」

そこで言葉を切ってから、ウィゼルは広げている地図を指し示す。

「それらの瓦礫や廃材等を処理場に持ち込《こ》むことで、その重量に応じた倍の点数が加算されるといったルールになっている。つまり廃材等を処理場に運搬《うんぱん》するという連携《れんけい》、運搬役《うんぱんやく》と廃材等を要人に見立てた護衛、他の陣営《じんえい》に奪われないようにする拠点《きょてん》防衛といった、まさしく総合的な動きが求められる試験内容といったものだ」

そこまで語ってから、ウィゼルはいくつかの要点を示していく。

「高得点を狙《ねら》うならば廃材の運搬は必須《ひっす》だ。しかし量が多ければ移動速度が落ち、廃材を奪われたら他陣営《たじんえい》の得点になる。それらの人員配分や配置も重要というわけだ」

「んっとー、それなら役割ごとに分かれた方がいいってことかな？」

「この人数で役割や分担を決めている時間はないだろ。それなら各班ごとで分担を決めて、それに応じた量の廃材を運べばいいんじゃないか？」

「班によっては役割を担《にな》えない人間もいると思うから、そういった班を拠点に残して他陣営に奪われないように防衛や牽制《けんせい》に回すのが無難かもね」

「それは防衛が手薄《てうす》すぎないか？　中には自陣営《じじんえい》の廃材を運ばないで、他陣営の廃材を奪いつつ運搬しようって作戦を取るところもある。班ごとに運搬って形だと援護《えんご》も見込《みこ》めないから防衛組は特化した魔法を持つ人間で固めた方がいいと思うぞ」

そうして生徒たちが活発に意見を交わし合う。

そして、それらの意見は概《おおむ》ね正しい。

役割や分担を細分化するには時間が足りないものの、班単位で行動すれば適切な配分ができなくなり、護衛や防衛といった際には援護や連携が取りにくい。

そのため、大半の陣営は確実に運搬できる少量を運ぶという手法を繰《く》り返すことで得点を積み重ねていくことになるだろう。

だが――

「オレたちが行うのは拠点防衛だけでいい。それを守りきれば確実に得点が入る」

「ですが……それでは他の陣営が処理場に向かった分だけ、私たちとは得点に差が生まれていきますわよね？　確かに専守防衛でしたら最下位にはならないでしょうけど……」

「いいや、この方法でオレたちが得点一位を取ることも可能だ」

そう言って、ウィゼルは眼鏡の位置を直してから――

「他の陣営の廃材は――処理場へと運《はこ》び込まれる前に全て燃やせばいい」

邪悪《じゃあく》な笑《え》みを浮かべながら、ウィゼルは自陣営の生徒たちに向かって告げた。

「も、燃やす……？　廃材を奪うんじゃなくて燃やすのか？」

「そうだ。そうすれば他陣営は単純に得点を失うことになる」

「でも……それなら奪って得点にした方がいいんじゃない？」

「奪うとしても運搬役が必要となって人員を多く割《さ》く必要がある。しかし燃やしてしまえば運ぶ必要もなく、最少人数で動くことができる。そして他陣営には通常の分担だけでなく、『廃材を消火する』という役割を押《お》し付けて人員を割かせることができるため、得点の増加を大幅《おおはば》に遅《おく》らせることにも繋がるというわけだ」

今回の試験は単純に得点を増やしていくものではない。

既にある得点を維持《いじ》しつつ、いかに相手の得点を減らすかという内容だ。

「処理場に持ち込まれる前に処分された物はオレたちの得点にはならないが、逆に相手の得点にもならず、元々あった得点が消滅《しょうめつ》するという結果だけが残るというわけだ」

「なるほど……それで俺たちが大人数を割いて拠点防衛に徹《てっ》していたら、他陣営の得点が消滅した分だけ俺たちの順位が上がっていくってことか」

「それなら確かに現状維持でも上位を狙えるわよね？」

「班編成についても、炎《ほのお》を扱える奴《やつ》を集めるだけで済むよな」

そうして賛同する意見が増えていく中、ウィゼルは静かに首を横に振《ふ》る。

「この作戦は拠点にある廃材を確実に守り通すという前提が必須条件だ。オレたちよりも経験が豊富な上位生などもいることから、ほぼ全班で防衛に当たらないと厳しいだろう」

「それじゃ……他陣営の廃材を焼却《しょうきゃく》する役は誰《だれ》がやるんだ？」

「その役目はオレたちの班が担う」

そうウィゼルは答えてから、隣《となり》に立つファレグの肩をポンと叩いた。

「オレたちの班には火付けに丁度いいマッチがいる」

「ついに僕は人間としても扱ってもらえなくなったのかッ⁉」

「元々サンドバッグだったではないか」

「それを言われたら微妙《びみょう》にマシだと思えるなあッ‼」

「ともかく、オレたちの実力については前回の条件試験で示している。そして今回から参加する二人が加わったことで奇襲《きしゅう》や退路の確保も可能なので適任と言えるだろう」

この作戦は効率よく廃材を焼却していくことが目的なので、むしろ不要な戦闘《せんとう》は避《さ》ける方針であり、火付けの途中《とちゅう》で逃亡《とうぼう》しても相手の得点を削《けず》ることができる。

だから効率よく燃やしまくれと――この作戦の立案者は言っていた。

「ですが……それだとあなた方の負担が大きいんじゃないですか？」

「オレたちは問題ない。むしろ負担で言うなら拠点防衛の方が大きい」

「……俺たちは拠点から動かずに守ってるだけなんだろ？」

「オレたちは今から全陣営に火を放って喧嘩《けんか》を売りに行く。つまり怒《いか》りで頭に血が上《のぼ》った他陣営の生徒たちが血眼《ちまなこ》で押し寄せてくる」

「…………え」

「ついでに言えば同じ目に遭《あ》わせてやろうと、オレたちの陣営に火を放つだろう」

「おい水系統の魔法が使える奴は集まっておけッ！　障壁《しょうへき》と結界を大量に張りまくって拠点をガチガチに固めておかないと全生徒に轢《ひ》き潰されるぞッ!!」

そんな生徒の一人の声を聞いて、全員が慌《あわ》てた様子で防衛の準備を始めていく。

その様子を確認してから、ウィゼルは小さく頷いて振り返った。

「これで大丈夫《だいじょうぶ》そうだな。オレたちも準備に掛かるとしよう」

「クッ……本当は僕が堂々と激励《げきれい》を飛ばすつもりだったのに……ッ!!」

「それも効果はあっただろうが、この作戦を確実に通して実行してくれとレイドから言われていたのでな。それなら合理的で勝算があると説明するのが一番だ」

今回の作戦はレイドから与《あた》えられた指示だった。

それが総合試験における勝算の高い方法であると同時に、レイドたちにとって役に立つ状況を作り出すことができるとも言っていた。

「そして……オレたちだけでなく、ステラ嬢のいる班も同じ作戦を取ってくる手筈《てはず》となっている。二つの班が廃材の焼却を目的として動けば、他陣営も気づいて同じように得点を減らす方針で動き出すだろう」

「それなら最初から防衛を固めている私たちが有利ってわけですねー。まぁ今回のレイドさんたちは運営側みたいな感じなので、ちょっとだけズルい感じもしますけど」

そうミリスが申し訳なさそうに頬《ほお》を掻く。

この作戦は総合試験の内容が発表される前から伝えられていたものだ。

それをレイドが先に伝えてきた真意については分からない。

深く知りすぎれば襲撃者《しゅうげきしゃ》たちの捕縛対象になるかもしれないといった理由から、レイドたちは詳細について何も話してはくれなかった。

それでも――

「――あの男が、僕たちに任せると言って頼んできたことだ」

そう、ファレグは表情を改めながら言う。

自分たちのことを信頼《しんらい》して任せたのなら、その期待に応えなくてはいけない。

その期待は重いものではなく、むしろ嬉《うれ》しいとさえ思える。

その背中を追うだけの自分に対して――振り向いて手を差し伸《の》べてくれたのだから。

「さあ――『英雄』と『賢者《けんじゃ》』の期待に応えていこうじゃないか」

そう笑いながら、ファレグは勢いよく炎剣《えんけん》を振り抜《ぬ》いた。

□

報告が来たのは作戦の決行を伝えた数分後だった。

「ディアン閣下、各隊からの報告が来ております」

「今度はどうした、犬のクソでも落ちてたってか？」

「……いえ、沿岸部にて上陸した第一部隊が異臭《いしゅう》を感じ取ったそうです。それに加えて山間部を移動中の第二部隊のルートに大量の煙《けむり》が流《なが》れ込んでいるとのことです」

「………………煙だと？」

「第三部隊の話では、先ほど障害物として見ていた物を学生たちが燃やして回っているようです。それによって発生した白煙《はくえん》が潮風に乗って流れて、山間部にある渓谷《けいこく》まで到達《とうたつ》している状況だと見られます」

「つまり煙幕《えんまく》とかの意図的なもんじゃなくて、ガキ共がバカ騒ぎしているせいで起こった状況ってことかよ……。クソ面倒《めんどう》なことをしやがって」

普段ならくだらないことを報告するなと文句を言っていたところだが、今は作戦中ということもあって念のために報告してきたのだろう。

「第二部隊の視界状況はどうなってんだ？」

「視界不良ではありますが、進行等には問題ないとのことです。探知魔具《まぐ》等の装備もありますし、むしろ煙によって他者に目撃《もくげき》されることなく進めるかと」

「それなら予定通り進め。不測の事態が起きたら第三部隊から『義体《ぎたい》』を使って応援《おうえん》を寄こしてやれば済むだろ」

制圧を行う第一部隊には最も多くの人員を割いており、学生の捕縛等を行う第三部隊には人員の代わりに『義体』を多く渡している。

『義体』を使った複製魔獣《まじゅう》は主に運搬等の目的で使われるものであり、『魔王』によって汚染《おせん》された魔力に耐《た》えられるように抗魔《こうま》体質を持つ種類で構成されている。

こちらの人間も魔獣狩《まじゅうが》りには慣れているだろうが、魔法に耐性《たいせい》を持っている『義体』たちは学生程度の実力では狩《か》ることができず、たとえ魔獣戦闘《まじゅうせんとう》に慣れた魔法士たちであっても苦戦を強《し》いられることになる。

それらの『義体』を放って状況を乱せば人員の少ない第三部隊でも制圧は十分可能であり、そちらに魔法士たちの目を向けさせている間に第二部隊の者たちが山間部から背後に回って挟撃《きょうげき》を行うといった手筈になっている。

そうして混沌《こんとん》とした戦場を作り出した後に——迷彩魔具《めいさいまぐ》を身に付けた主力の第一部隊は真《ま》っ直《す》ぐ平野部を突《つ》き進《すす》んで目標地点の学院にまで到達する。

向こうにはこちらの迷彩《めいさい》や隠密《おんみつ》等の魔具を見抜《みぬ》く術はない。

レグネアに立ち寄って禁呪《きんじゅ》の情報を奪い取った際にも発見されたのは後日、潜伏《せんぷく》先であった砂漠に出入りする際にも、見張りたちは不慮《ふりょ》の事故で迷彩が解けた時以外に気づいた様子はなかった。

こちらの隠密性については向こうにも情報が入っているだろうが、まさか五百人以上の兵士が堂々と街道を使って行軍して来るとは想定していないだろう。

この程度は不測の事態でも何でもない。

だというのに——胸騒《むなさわ》ぎに似た妙《みょう》な感覚が止まらない。

「ブラッキオ、第二、第三部隊に熱探知で周囲を探《さぐ》らせろ。第一部隊は一度行軍を止めて、煙や匂《にお》いに紛《まぎ》れて妙な物が迷彩魔具に付着していないか確認させておけ」

「ハッ！　ただちに通達しますッ!!」

ディアンの指示を聞いて、ブラッキオが各部隊に通信を行う。

偶然《ぐうぜん》とはいえ、あまりにも報告が相次いでいる。

大きな変更ではなかったが、向こうが配置した障害物のせいで第三部隊は進行ルートを僅かながらに変更した。

そして学生たちが偶発的《ぐうはつてき》に火災を起こしたことによって、その煙が渓谷まで流れてきて視界不良に陥った。

そして……二つの部隊から遠く離《はな》れている第一部隊まで火災による異臭が届いている。

これが偶然であるならば構わない。

しかし、そうでないのであれば――

「報告ですッ！　第一部隊は停止して装備類を確認しましたが、特に異物等の付着はなく問題ないとのことでしたッ!!」

「残りの部隊はどうだ」

「第二部隊周辺は視界不良が続いていますが、伏兵《ふくへい》といった人影《ひとかげ》の熱源はありませんッ！

第三部隊は火災の影響《えいきょう》で熱探知による索敵《さくてき》はできないとのことでしたが、煙が流れているので目視による確認を行ったところ異常は見られないとのことですッ!!」

「チッ……取《と》り越《こ》し苦労《ぐろう》ってやつかよ、メンドくせぇな」

舌打ちをしてから、ディアンは顔の傷を指先で掻く。

結局、障害物の配置は偶然でしかなかった。

煙についても海風の影響を受けやすいせいで渓谷まで到達したのだろう。

その風の流れを考慮《こうりょ》すれば、第一部隊にまで異臭が届くのも十分に納得《なっとく》できる。

だから問題ない――

『――ディアン閣下、進行上に少女を発見致しました』

そう、第三部隊からの緊急《きんきゅう》通信が入るまでは思っていた。

「女のガキってことはエルリア・カルドウェンか？」

『いえ……杖《つえ》をついた小柄《こがら》な少女です。制服は着用しておらず民間人だと思われます』

「チッ……よりによって民間人のガキかよ。余計に殺したら寝覚《ねざ》めが悪ぃじゃねぇか」

『排除しますか』

「当たり前だ。『義体』に食わせて死体は消しておけよ」

『承知しました。ただちに排除しま――』

その返答が届く最中――

チリン、と鈴《すず》を鳴らすような音が通信機から聞こえてきた。

『なッ……周囲が変わって――』

「おいどうしたバージェス、何が起こってんだ」

『お、おそらく空間創成魔法ですッ!!』

「……なんだって？」

それはこの時代には存在していないはずの魔法だ。

空間創成魔法は単純な魔法ではなく、複数の魔具を連動させて一時的に現世と切り離された異空間を作り上げるといった技術だ。

それらの多くには機械技術も流用されているため、機械技術が廃《すた》れているこちらの時間軸の人間では生み出せるものではない。

ということは――

「――ウォルス・カルドウェンか」

自分たちと同じ時間軸から過去に遡《さかのぼ》ったウォルスが加担しているのなら、その技術を復元していてもおかしくはない。

「近くにウォルスのクソ野郎《やろう》がいるはずだから確認しろ。下手したらその民間人のガキってのがウォルス本人の可能性もあるから確実に殺せ」

『そ、それがッ……あの少女は対象の一人——があああああああああッッ!?』

返答の最中、バージェスの悲鳴が通信機から響《ひび》き渡った。

それだけではない。

他の兵士たちからも悲鳴や怒号《どごう》が上がり、何かに応戦している声が聞こえてくる。

「ブラッキオッ!! 今すぐバージェスの通信機を通じて映像を出せッ!!」

「ハッ! 既に実行済みでありますッ!!」

その言葉通りに、すぐさま前面のモニターに映像が映し出される。

それを目にした瞬間、ディアンは大きく目を見開いた。

「おいおいおい……こいつは、なんの冗談《じょうだん》だってんだ……ッ!!」

そこに映し出されていたのは——『竜《りゅう》』の姿だった。

人間とは比べ物にならない巨体《きょたい》を有する竜。

それも一体ではない。

耳を劈《つんざ》く咆哮《ほうこう》を上げる四体の巨竜《きょりゅう》。

その巨竜たちをディアンは知っている。

共通の敵である『魔王《まおう》』を倒《たお》すために人間たちとの契約《けいやく》を交《か》わし、後に『英雄《えいゆう》』と共に

立ち向かった魔獣たちにおける頂点——

「――どうして、ここに『護竜《ごりゅう》』たちがいるってんだ……ッ‼」

そんなディアンの疑問に答えるように、土煙《つちけむり》の中から杖を突いた少女が姿を現す。

特徴的《とくちょうてき》な赤髪《あかがみ》を持つ少女。

その肩には小さな黒竜が乗っており、少女の身体を支えるように寄り添《そ》っている。

そして、少女はカンッと杖を地面に突いてから――

『――もうマグナっ！　強く叩《たた》いちゃダメって言ったでしょっ‼』

腰《こし》に手を当て、聳《そび》え立つ《峯竜》に向かって怒り始めた。

『この前だって他の子と遊んでる時に山を一つ潰しちゃったんだし、ちゃんと言う事を聞いてくれないならお腹《なか》が痒《かゆ》くなっても掻《か》いてあげないからねっ！』

そうして頬を膨《ふく》らませて怒《おこ》る少女に対して、《峯竜》が申し訳なさそうに首を下げてから喉《のど》を鳴らすように唸《うな》り声を上げる。

『え……手加減したの？　それならいいけど――って、フラムも口に溜《た》めた溶岩《ようがん》を吐《は》こうとしちゃダメっ！　ちゃんと人のいないところでペッてしなさいっ！　エティも「殺した方が早い」とか言わないで、マールみたいにおとなしく見てるだけだからねっ！』

それはまるで竜たちに振り回されている様子だったが、明らかに少女は『護竜』たちの言葉を理解しており、その言葉を『護竜』たちも理解して不満そうに咆哮を上げていた。

それは本来ならばあり得ない光景だった。

『護竜』たちは人類と契約こそ交わしたが、共に戦っていた『英雄』の言葉にさえ背《そむ》いて完全に従うことは無かったと言われている。

その『英雄』に従っていたのも、『護竜』たちが最初に契約を交わした少女との約束だったという理由でしかない。

そんな、かつて『護竜』を従えていた竜たちの姫君《ひめぎみ》——

『あたしたちがエルリアちゃんにお願いされたのは——この人たちが外に出て悪さできないように、みんなの遊び相手をしてもらうことなんだから』

王笏《おうしゃく》に似た杖を突く少女を守るように、『護竜』たちが周囲に寄り添っていく。

その二つ名に恥《は》じない、堂々たる佇《たたず》まいと共に笑みを浮《う》かべている。

『それじゃ——みんな、いっぱい遊んできていいよ』

それが——かつて《竜姫《りゅうひめ》》と讃《たた》えられたルフス・ライラスという少女だった。

ルフスが現代にいることは当然ながら報告を受けていたが、学院で起こった事故によって魔力《まりょく》を失ってセリオスに帰郷していると聞いていた。

それだけではない。

自分たちの時間軸でルフス・ライラスは『護竜』を従えていたが、それは『護竜』たちがルフスの懇願《こんがん》を聞き入れたことによって交わした契約だったと聞いている。

だが――先ほどルフスは『護竜』たちに対して固有の名を付けて呼んでいた。

それは契約を交わした相手を同等の立場ではなく、『友人』という同族と似た立場として扱うという魔獣側の表れであり、現にルフスは友人たちと接するように会話していた。

そんな完全に使役《しえき》された『護竜』たちを相手にするなど現実的ではない。

「第三部隊各員、今すぐ手持ちの武装で空間魔法をブチ壊《こわ》せ。この魔法は圧縮した魔力をぶつければ簡単にブッ壊れるもんだ」

『そ、それがッ……我々の魔装具や魔導機《まどうき》が作動しないんですッ!!』

「バカなこと言ってんじゃねぇッ!!　それならてめぇの命を散らして自爆《じばく》術式で風穴を開けちまえば問題ねぇと――」

そこまで言ったところで、ディアンは言葉を止めた。

それらが発動しないという事実を聞いて、向こうの目論見《もくろみ》を理解した。

『──我々の自爆術式も、作動させることができません』

この異空間に自分たちを捕《と》らえることで、自爆という最終手段さえも封《ふう》じた。

こちらの魔法が封じられた手段について論じている時間はない。

最たる問題は、空間創成魔法で生成された異空間は現世から隔絶《かくぜつ》されていることだ。

つまり──その中で命を落としても、『扉』を開くための贄《にえ》にはならない。

その死によって溢《あふ》れた魔力や魂《たましい》は魔法が解除されるまで囚《とら》われ続け、現世に溢れることなく異空間の中で時間と共に消失することになる。

自爆という手段を封じられて、味方同士による自害や舌を噛《か》み切るという手段を取ったとしても、全て無駄《むだ》な死という結果に終わってしまう。

しかし、その空間から脱出《だっしゅつ》することもできない。

その魔法を使ったであろう少女は『護竜』という強大な敵によって守られている。

「第二部隊から人員を寄こせッ‼　第三部隊の近くにある魔力反応を探知して、外部から干渉《かんしょう》して空間魔法をブチ壊せば──」

そうして事態の解決を図《はか》ろうとしたが、そんなディアンの目論見は叶わなかった。

『こ、こちら第二部隊ッ‼　現時間軸の魔法士一名の襲撃を受け──』

『こちら第一部隊ッ‼　空間魔法に捕らわれ、正体不明の軍勢と交戦中ッ‼』

ほとんど同じタイミングで、残された二部隊からの緊急通信が飛び込んできた。

何も問題はないはずだった。

たとえ不測の事態が起きても失敗はないはずだった。

自分たちの姿を捕捉《ほそく》することができないほどの大きな技術格差もあった。

だというのに――

「一体――どうしてこんなことになってやがる」

そう、ディアンは映し出された光景を目にしながら呟《つぶや》いた。

□

少し前、第二部隊を率いているヴィクトルに本部から通達が入った。

それは魔導機を用いた熱探知を使い、周囲の状況を確認《かくにん》しろとの内容だった。

それが一番確実な方法であるとヴィクトル自身も思っていた。

この時間軸は魔法技術のみに特化して発展していったことから、こちらと比べて遥《はる》かに劣《おと》るとはいえ魔力隠蔽《まりょくいんぺい》や魔力探知を妨害《ぼうがい》する技術が存在している。

こちらの技術ならば看破できるが、万全《ばんぜん》を期すならば熱探知が確実と言えた。

アルテインの機械技術を基にした魔導機。

それらはこちらの時間軸《じかんじく》における魔具と類似《るいじ》したものだが、その精度や汎用性《はんようせい》などについては『賢者』の遺産に基づいた理論などが用いられている。

「相手が発する体温や呼吸から居場所を索敵する」というのも『賢者』が遥か過去に考案していたものであり、こちらの時間軸では未知と言っていい技術の一つだろう。

敵陣営にウォルス・カルドウェンが与《くみ》していることから一部の者には知られているだろうが、存在を知っていたところで容易に対処できるものではない。

自分たちに施《ほどこ》された迷彩と同様、向こうには看破することができない。

そう思っていたからこそ──誰もが慢心《まんしん》していたのかもしれない。

「こちら熱探知による反応はありません。視界不良は継続《けいぞく》していますが、このまま予定通りに進行して配置に付きます」

そう本部に向かって返答してから、ヴィクトルは部下たちに進軍を促《うなが》す。

「総員、進軍を再開する。定期的に熱探知を行い、周辺に人影などが見えないか十分に警《けい》戒《かい》しながら進んで定刻通り配置に──」

そう部隊に向けて告げていた時──

チリン、と前方からハンドベルのような音が響いた。

その瞬間——白煙《はくえん》に包まれていた風景が瞬時《しゅんじ》に様変わりしていった。

「なッ……おい、何が起こったッ⁉」

「わ、分かりませんッ！　前方を進んでいた者が何かに足を取られた直後、突然《とつぜん》白煙が晴れて別の場所に移動したような……ッ‼」

「……いや、これは転移ではなく空間創成魔法だ」

先ほどまで自分たちが進んでいた渓谷と同じように、周囲には露出《ろしゅつ》した岩肌《いわはだ》などが見えているが……事前に確認した光景とは大きく離れている。

今のように——自分たちを取り囲むような岩壁《がんぺき》など広がっていなかった。

「——あら、ようやく来たみたいね」

そんな女の声が前方から聞こえてきた。

巨岩《きょがん》の上に腰掛《こしか》け、こちらを見下ろしている銀髪《ぎんぱつ》の女。

そして、銀髪の女は扇子《せんす》を手で弄《もてあそ》びながら溜息《ためいき》をつく。

「これで誰も来なかったらドッキリでしたってカエラさんみたいなことが言えたのだけれど、来てしまったからには仕事をするとしましょう」

「総員ッ！　目の前にいる女は魔法士だッ‼　ただちに排除《はいじょ》しろッ‼」

ヴィクトルの号令に応じて、部下たちが一斉《いっせい》に魔装銃《じゅう》を構えるが——

そんな部下たちの姿が大きく傾《かたむ》いた。

しかし、傾いていたのは部下たちではなかった。

「なッ……おい、なんだこの地面ッ!!」

「付与魔法《ふよまほう》だッ!!　地面に何らかの付与魔法が掛けられているんだッ!!」

まるで地面が沼《ぬま》のように沈《しず》み、ヴィクトルだけでなく部下たちの足を取っている。

そんな自分たちの様子を眺《なが》めながら、銀髪の女は扇子を広げて笑みを浮かべていた。

「なんとも呆気《あっけ》ないわね。これなら私じゃなくても良かったんじゃないかしら」

「解除魔法を使えッ！　付与《ふよ》された魔法を除去するんだッ!!」

「す、既《すで》に行っておりますッ!!　ですが魔法だけでなく魔導機等も動きませんッ!!」

「バカげたことを言うなッ!!　この時間軸にいる人間が我々の魔法を無力化できる技術を持ち合わせているはずないだろうッ!?」

これがウォルスの入れ知恵《ぢえ》である可能性はある。

しかし、こちらの時間軸に自分たちの技術を模倣《もほう》して再現できるほどの技術者は存在しているはずがない。

そんなあり得ないことだというのに――それが現実として起こっている。

「これは効果観面《こうかてきめん》のようね。さすが見た目は子供でも学院長ってところだわ」

そう言って、銀髪の女は余裕《よゆう》の笑みを浮かべてから――

「――【地面に足を取られている者たちを磔《はりつけ》にして拘束《こうそく》しなさい】」

銀髪の女が扇子を振りかざした瞬間――足元の地面が意思を持つように動き出し、周囲にいた部下たちの腕《うで》を絡《から》め取って自由を奪《うば》っていく。

それが付与魔法であることはヴィクトルにも理解できた。

だが――その練度は明らかに格が違《ちが》っていた。

付与魔法は対象に別の性質や特性を付与するものだ。

地面を沼のように柔《やわ》らかくすることは可能だが、先ほどのように意思を持って動かすには複雑な魔法式《まほうしき》と魔力操作を要求される。

それを目の前の女は言葉一つで実現してみせた。

それも一人ではない、この場にいる全員に対してだ。

「こんなッ、たかが……時代遅れの魔法士一人に……ッ!!」

砂漠《さばく》に潜伏していた兵士が蹂躙《じゅうりん》されたとの報告を受けて、事前に脅威《きょうい》や障害と成り得る者については調べていた。

こちらの時間軸で特級魔法士と呼ばれる者たちは相応の実力を持っており、遭遇《そうぐう》した場合には複数人で確実に仕留めることができるように然《しか》るべき対処をしろと伝達されていた。

だが――調べた者たちの中に、目の前にいる女はいなかった。

「時代遅れの魔法士とは傷つくわね。これでも子供が生まれて引退するまでは最前線にいたし、当時は『賢者の血統』とか《巫極》の二つ名で持て囃《はや》されていたのだけど」

こちらの時間軸において、『賢者』とはエルリア・カルドウェンのことを指している。

つまり、その血統ということは――

「――アリシア・カルドウェン、そんな元特級魔法士は眼中に無かったかしら？」

そう、不敵な笑みと共に名乗りを上げた。

「まぁ魔法が使えない相手に粋《いき》がるつもりはないけど、引退した身としてはちょうどいい相手だったかしらね。あとはのんびり眺めているだけでいいみたいだし、義母を戦闘に引っ張り出した娘婿《むすめむこ》への説教でも考えていようかしら」

巨岩に腰掛けながら余裕を崩《くず》さないアリシアを見て、ヴィクトルは歯を食いしばりながら両腕《りょううで》に力を込める。

「やめておいた方が良いわよ。無理やり解こうとすれば腕がもげるわ」

「ハッ……我々が、その程度のことを気にすると思うか……ッ!!」

腕や足がもげようとも、自分たちには果たすべき大願がある。

この空間で死ねば犬死で終わることは理解している。

だが——この空間を作り出したアリシアを殺すことができれば問題はない。

そして自分一人では叶《かな》わずとも、自分の部下たちが続いて傷や疲労《ひろう》を負わせることによって、やがてアリシアを殺すことができれば構わない。

それで残った人間で他部隊の救出に動けば、状況《じょうきょう》を打開して作戦を遂行《すいこう》することができるようになる。

それで自分たちの世界に生きる者たちを救うことができるのであれば——

「——そのために死ぬのであれば、我々にとっては本望《ほんもう》だ」

そう狂信《きょうしん》めいた笑みを作るヴィクトルを見て、アリシアは呆《あき》れたように息を吐いた。

「大した覚悟《かくご》だとは思うわよ。私もかわいい娘《むすめ》のためなら命を投げ出すし、だからこそ今回の役目を引き受けたんだもの。まぁその娘は私より強い賢者様だったわけだけど」

そう、アリシアの注意が僅《わず》かにヴィクトルから逸《そ》れた瞬間《しゅんかん》——

その拘束を解いて、瞬時にアリシアの眼前にまで迫《せま》った。

たとえ魔法が使えなくても、アルテインの兵士は十全に訓練を受けている。

それだけでなく、荒廃《こうはい》した世界を生き抜くために人体の仕組みに手を加え、薬物投与《とうよ》によって身体能力などを常人よりも大幅に向上させている。

平穏《へいおん》な世界に生きてきた者たちと違って、こちらは生きるために何でもしてきた。

「死ねえええええええええええええええええええッッ!!」

裂帛《れっぱく》の叫《さけ》びと共にナイフを抜き放ち、眼前のアリシアに向けて突き出し――

その刃《やいば》が、固く硬質《こうしつ》な物体によって阻《はば》まれる音が響いた。

驚愕《きょうがく》するヴィクトルの視界に映ったのは――『鎧《よろい》』を身に纏《まと》った人間だった。

正確には人間かどうかも定かではなかった。

目の前に立つ鎧の人間からは生気らしいものが感じられず、兜《かぶと》の隙間《すきま》から見えているのは人間の顔ではなく、土で塗《ぬ》り固《かた》められたように何も無かった。

それを見たことで――目の前にいる存在が付与魔法によって作り出された人形であるということに気づくことができた。

「――ガレオン、そいつを殴《なぐ》り飛ばしなさい」

アリシアが眼前に立つ鎧に向けて告げた直後――

ヴィクトルの顔面に向かって、鋼鉄の拳《こぶし》が勢いよく突き刺《さ》さった。

その多大な衝撃《しょうげき》によって、声を上げることさえも許されなかった。

『わざわざ魔法を解除する必要はなかっただろう、アリシア』

「だってそうでもしないと、本気で腕をもいで脱出しそうな勢いだったんだもの。あの子たちから死なせないように言われているし」

『それで君の身に危険が及《およ》んだら私の肝が冷えるだろう』

「だってあなたが守ってくれると私は信じていたもの」

『当然だとも。それが夫婦《ふうふ》の熱い絆《きずな》というものだ』

「それにしても……やっぱり魔法を使っている状態だと声量がちょうどいいわね」

『君の作った土人形は素晴《すば》らしいが、どうしても憑依《ひょうい》すると声がこもりがちになるのでな。だから普段《ふだん》から声を張り上げるようにしているのさ』

「それなら魔法を使っている時だけ声を張り上げなさい」

薄《うす》れていく意識の中で、アリシアと土人形の会話が聞こえてくる。

『しかし久々に魔法を使って戦うのも良いものだな。君が特級魔法士を退いてからは魔法を使う機会もなかったので懐《なつ》かしい気分だ』

「基礎魔法《きそまほう》だけで一級魔法士としての立場を保っているんだから、よく考えたらあなたも化け物みたいなことをしているわよね……」

『私の功績は特級魔法士の君と一緒《いっしょ》にいて得たものでしかなかったから、ちゃんと君の夫として釣《つ》り合うように頑張《がんば》ろうとした結果だとも』

「……子供の頃《ころ》から一緒だったし、私の付与魔法に耐えられる唯一《ゆいいつ》の人だったし、特級魔法士になった時も付いて来てくれたから私は特に気にしてなかったけど」

『ハッハッハッ。惚《ほ》れた相手に愛想《あいそ》を尽《つ》かされないように頑張っていたということさ』

「……まぁ、そういう人だと知っていたから一緒になったんだけど」

そう言いながら、アリシアは居心地《いごこち》の悪そうな顔で土人形から目を逸らしていた。

そんな殺伐《さつばつ》とした空気を払拭《ふっしょく》するような会話を聞きながらヴィクトルは思った。

自分は一体何を聞かされているんだろう。

それが……薄れゆく意識の中で浮かんだ最後の言葉だった。

■

同時刻。

アルマは街道から風下に位置する場所で時が来るのを待っていた。

「あぁぁぁ……こうして待っている間は本当に暇《ひま》よねぇ……」

「わふぅ……」

「シェフリも暇よねぇ……。ちゃんとあんたの仕事が終わったらエルリアちゃんのところに返してあげるから、もう少しだけあたしに付き合ってちょうだいな」

「わんっ！」

ぼんやり空を眺めながら、アルマはシェフリを抱《かか》えてもふもふと撫《な》で回していた。

レイドの話ではアルテイン軍の一部隊が沿岸部から上陸し、堂々と街道を通って一直線に魔法学院へと向かってくると語っていた。

レグネアの厳重な警備を潜《くぐ》り抜けていることから、向こうは隠蔽魔法《いんぺいまほう》の類について絶対の自信を持っている。

だからこそ人目を避けるようなルートを採って痕跡《こんせき》を消しながら進むのではなく、普段から人通りのある街道を使って最短距離《きょり》で進行してくるだろうと言っていた。

そして、部隊は他に二つほどあるとも言っていた。

所定の配置につくまでは全体で固まって移動し、その後に散開して作戦行動に移るだろうと言っていたが、それも迷彩や隠蔽《いんぺい》に長《た》けているからだ。

固まって行動すれば嫌《いや》でも目立つことになるが、その心配が無いのであれば固まって行動することによって不測の事態に対処しやすくなる。

リビネア砂漠の遺跡《いせき》で交戦した経験があるからこそ、向こうはレイドやエルリア、そして特級魔法士に対して警戒心《けいかいしん》を抱き、その対処が確実にできる形で進行するだろう、と。

その対処とは迎撃《げいげき》だけでなく、自害による禁呪の強制発動も含《ふく》まれている。

こちらが襲撃《しゅうげき》等の手段を選び、その迎撃が起こらなかった際には全体で自害を行い、即《そく》座《ざ》に禁呪の発動条件を満たす方向で動くだろうと語っていた。

だから一つの部隊は最低でも百人以上、想定される兵士の数が千名、しかし学生等の対処は造作もないので部隊人数は少なく編成すると見込《みこ》んで二百名、学院周辺を警戒している魔法士たちの対処に三百名、要人たちの捕縛《ほばく》と制圧をするという最優先事項《じこう》を担当する部隊については半数以上の戦力を割《さ》いてくる……そういった具合で想定を進めていた。

敵戦力の配置や編成、それら部隊を用いた作戦行動と役割の予測、現状の敵陣営《じんえい》が抱いている心理や思考など、千年前に培《つちか》ったであろう経験に基《もと》づくものだった。

そして、それは正しかった。

『――アルマちゃん、接敵したよ』

そう通信魔具からエリーゼの声が聞こえてくる。

「はいはい、最初に当たったのは誰《だれ》かしら？」

『ルフスちゃんのところだね』

「あー、閣下が総合試験を利用して進行ルートをずらしたところね」

総合試験の内容を聞いて、レイドは各陣営に配置される予定となっている廃材《はいざい》の集積場所を細かく指定してきた。

その配置についてレイドは「嫌がらせみたいなものだ」と言っていた。

事前に地形の情報を見て行軍しやすい地形や環境《かんきょう》からルートを推測した後、相手に気取《けど》られない範囲《はんい》で集積場を配置して意図的に進行ルートを逸らさせた。

それは「そのままでも進行できる、しかし修正についても手間が掛《か》からない」という絶《ぜっ》妙《みょう》な配置とのことで、慎重《しんちょう》に行動するなら後者を選ぶと語っていた。

その二択《たく》を相手に迫り、ルートを修正させることによって時間を稼《かせ》ぎ——その間に学生たちが十分に廃材を燃やして回れる時間を作り上げた。

そして、その修正ルートを採ったことが失敗であることさえも気づかせなかった。

誘導《ゆうどう》したルートは地形的に海風を受け流し、火災による臭いや煙を流していく。

それだけでなく、付近には小丘が連なっていて試験会場の様子を窺《うかが》いにくい上に、防風のために植林された木々が多く立ち並んでいて視界も悪い。

しかし当人たちは「慎重を期して選んだルート」であると思《おも》い込《こ》んでいるため、その選択が間違《まちが》っているとは考えずに進んでいった。

その結果……残っている二部隊の予測ルートである渓谷には海風によって流れた白煙が充満《じゅうまん》することになり、アルマがいる街道には火災による臭いが流れてきている。

「すぐにアリシアさんたちのところも接敵しそうね。あれだけモクモクの状態だと足元に張り巡《めぐ》らせた紐《ひも》にも気づかないでしょうし」

レイドが協力者として選んだカルドウェン夫妻には、先に魔法を使って生成された異空間の中で待機してもらっていた。

それによって相手の探知を潜り抜けた後――その進路上に紐を張り巡らせて付与魔法による偽装《ぎそう》を施し、それらに引っ掛かると紐に繋《つな》がれている魔具が起動して、進行していた部隊を空間内に捕らえるという単純な仕組みだった。

しかし「何かしてくる」と相手が想定して警戒しているからこそ、単純な方法を見落としやすいともレイドは語っていた。

「こっちも早く来ないかしら。ねぇシェフリ」

「わんわんわんっ！」

『……え、アルマちゃん何してるの？』

「暇すぎてシェフリと会話してんのよ。何言ってんのか分かんないけど」

『なんか独身女性が犬を飼うと婚期《こんき》が遅《おく》れるっていうよね……』

「あんたは越《こ》えちゃいけない一線を越えたわ」

『こっちは暇すぎて犬と会話している君と違って忙《いそが》しいのっ！　今も空間を監視《かんし》しながら向こうの魔法を無力化してるんだからねっ⁉』

そう通信魔具の向こうからガチャガチャと忙《せわ》しない音が聞こえてくる。

エリーゼの空間魔法……正確には空間創成魔法と言うそうだが、それらの内部で起こっている状況をエリーゼは全て把握《はあく》することができる。

そしてウィゼルが用いていた《絶縁《ぜつえん》》という魔装具の誤作動を意図的に引き起こし、相手の武装や魔法を無効化し続けるという役目がある。

相手がまとまっているのでタイミングは取りやすいだろうが、これから展開される三つの空間を全て把握して監視する必要があるので負担は大きいことだろう。

『そっちだって動きを変えるかもしれないんだから、暇とか言ってないで――』

「大丈夫大丈夫《だいじょうぶだいじょうぶ》、ちゃんと閣下の思惑《おもわく》通りに進んでるでしょうから」

そうアルマは確信と共に言葉を返す。

いくら千年前に一国の将を担《にな》っていたとはいえ、その想定や推測に誤りがある可能性もあると考えるのが当然と言えるだろう。

しかし、その点においてアルマは一切《いっさい》心配していない。

　カノス家が先祖代々から受け継《つ》いできた手記。

　それを一字一句読《よ》み込んでいるのだから、もはや疑う余地などありはしない。

「いやはや……まさか手記にあったことを実際に見るとは思わなかったわ」

　シェフリの頭に顎《あご》を乗せながらアルマは呟く。

　副官であるライアットは『英雄』の功績を仔細《しさい》に記していた。

　その中にあった、将軍としてのレイドの伝説的な偉業《いぎょう》――

「――五十年間、一度も戦争で負けたことがないとか化け物にも程《ほど》があるでしょ」

　正確には無敗というわけではない。

　何度かヴェガルタと交戦し、それによって一部の土地などを明《あ》け渡《わた》すこともあったので、その点を踏《ふ》まえると無敗とは言えないだろう。

　しかしそれらは『英雄』と『賢者《けんじゃ》』が勝手知ったる仲として、互《たが》いの均衡《きんこう》を保つために意図して明け渡していたともライアットは記していた。

　そして……ヴェガルタを除く他国には全て勝利を収めていた。

　土地を利用して、天候を利用して、環境を利用して、人間の心理を利用して、相手の思考を利用して――数多《あまた》の戦争から広大なアルテインの領土を守り抜《ぬ》いてきた。

　しかも、それを五十年間も保ち続けてきたのだ。

中には十倍どころか百倍以上の戦力差がある中で、使える物を全て使って一切の死者を出さずに要所を陥落《かんらく》させたという信じがたい内容も記されていたが、それも今となっては信じざるを得ないというものだ。

そして今も実働者は数人しかいないというのに、千人近くのアルテイン軍を相手取りながらレイドが想定した通りに物事が運んでいる。

そして——

「わんわんわんわんわんっっ！」

「お、こっちも来たみたいね」

シェフリが吠《ほ》えた方向を眺めながら、アルマは静かに立ち上がる。

しかし、シェフリは進行しているアルテイン軍の匂《にお》いを探知したわけではない。

その魔力や匂いといった痕跡は、隠蔽と迷彩《めいさい》によって覆《おお》い隠《かく》されているだろう。

だからこそ——レイドは火災によって生じた異臭《いしゅう》という「不可視の網《あみ》」を使った。

全ての痕跡が絶たれているということは、逆に言えばアルテイン軍の周囲には本来なら漂《ただよ》っているはずの臭気《しゅうき》が存在しない。

それを利用して、鋭敏《えいびん》な嗅覚《きゅうかく》を持つ『魔喰狼』のシェフリに「臭いが存在しない」場所を示すように命じていた。

「大体でいいから、首を動かして範囲を教えてくれる？」

「わふぅ……わんっ！」

「おぉー、あんた賢すぎでしょ。これ終わったらあたしと一緒に来る？」

「わんわんわんわんわんッッ!!」

「何言ってるか分からないけど嫌ってのは伝わったわ。そんじゃあたしは行ってくるから、あんたはエルリアちゃんのところに戻《もど》っていいわよ」

「わんっ！」

そう解放された喜びを表すように元気よく返事をしてから、シェフリは腕から飛び降りて光の粒子《りゅうし》となって消えていった。妙《みょう》に悲しい気分になるのはなぜだろうか。

「さてと、それじゃあたしも仕事しようかしらね」

足元に骨腕を生み出し、その上に飛び乗ってから――

シェフリが示した方角に向かって、自身の身体を勢いよく射出した。

傍《はた》からは何も見えない空間を見定め、懐《ふところ》から取り出したハンドベルを鳴らす。

その音が響き渡った直後、世界が塗り替《か》わるように風景が荒野《こうや》に変貌《へんぼう》する。

それと同時に、今まで見えていなかったアルテイン軍の姿も露《あら》わになった。

「ははぁ……やっぱり閣下の想定通り五百人近くってところかしらねぇ」

学院の制圧を行うアルテイン軍の本隊に近いと言っていただけあって、眼下には多くの兵士たちが密集して行動していた。

相手は魔法が使えなくなるとはいえ、エリーゼの話ではアルテインの兵士は魔法とは異なる方法で自身の肉体を強化していると言っていた。

その人数を相手にするのは、特級魔法士という肩書《かたがき》を持つアルマでも荷が重い。

魔獣《まじゅう》相手なら話も変わったが、この時代において人間を相手にした対軍戦闘《せんとう》を持つ者などいないのだから当然ではある。

だからこそ――

「ちゃんと頑張ったんだから――今度はそっちが頑張ってちょうだいよッ‼」

蒼白《そうはく》の軍旗を靡《なび》かせながら、アルマは着地と同時に魔法を展開する。

「――《英賢の旅団》」

その言葉に応じるように、大きく伸《の》びたアルマの影《かげ》から這《は》い出る者たちの姿があった。

しかし、その影から出てくるのは普段扱《ふだんあつか》っている墨染《すみぞ》めの骨たちではない。

そこから姿を現したのは――

「――ダァーッハッハッ!!　ここが新しい戦場かァッ!!」

放たれた大音声《だいおんじょう》によって、空気が慄《おのの》くように震《ふる》える。

それは人間という規格から外れた『巨人《きょじん》』だった。

その姿を見るのは初めてだったが、アルマは彼《かれ》について知っている。

彼の名前は『ブロフェルド』。

遥か太古に存在していた巨人族の血を引く者であり、その先祖返りによって人間では到《とう》達《たつ》できない巨躯《きょく》を手に入れたことから、圧倒的《あっとうてき》な力によって山賊《さんぞく》や盗賊《とうぞく》といった無法者たちを率いて都市を陥落させ、盗賊たちの王として君臨していた。

その後は隣接《りんせつ》していたアルテイン領土に目を付けて侵攻《しんこう》を試みたが……その際に遭遇したレイドに一撃《いちげき》で殴り倒され、率いていた山賊たちと共にアルテイン軍の旗下とレイドの指揮下に入ることで処刑《しょけい》を免《まぬが》れた。

以降、ブロフェルドはアルテイン軍として従事し、その巨体を活《い》かして数多の城や陣地《じんち》を破壊《はかい》し、アルテイン軍の勝利に大きく貢献《こうけん》したと記されていた。

「おいレイドの奴《やつ》が見えねぇぞッ!!　小せぇから踏み潰《つぶ》しちまったかッ!?」

「そんなわけないでしょ。それなら逆にブードがレイド爺《じい》ちゃんに殴られてるわよ」

飛竜《ひりゅう》に乗った女性が、呆れたような表情でブロフェルドに声を掛ける。

彼女《かのじょ》の名前は『フェリウス』。

元はセリオスにある部族の出身だったが、魔獣の言葉を理解できるという触《ふ》れ込みで奴《ど》隷《れい》市場に流されていたところ、それらの摘発《てきはつ》を行っていたレイドによって助け出され、本人の強い意思によってアルテイン軍に現地兵として入隊する。

以降は魔獣たちを使役する部隊を編成し、人員や物資の運搬《うんぱん》だけでなく陸海空と幅広《はばひろ》い戦場において戦況《せんきょう》を優位に進め、若年《じゃくねん》ながら多くの戦に貢献したと記されていた。

「ヴァンス、あんたもそう思うでしょ？」

「そうさなぁ……むしろレイド爺さんだったら、殴るどころかブードさんを投げ飛ばして丘の一つや二つくらい消し飛ばすと思うんで、本当に踏んでるんじゃねーの？」

そう戦車の上に立つ男がケラケラと笑いながら答える。

彼の名前は『ヴァンス』。

アルテイン軍の工兵として入隊したが、五年以上に亘《わた》って軍への支給品を孤児院《こじいん》に流していたことが発覚して罪に問われ、多額の賠償金《ばいしょうきん》か銃殺《じゅうさつ》の二択を迫られていたところ、その能力に目を付けたレイドに拾われて賠償金の帳消しと引き換《か》えに指揮下へと入る。

加入以降、平時には食糧《しょくりょう》や兵站《へいたん》の管理を行って前線軍を支え、戦時には機械や馬を動力源とした戦車を率いて戦線の突破《とっぱ》など担っていたと記されていた。

それらは全てライアットの手記に記されていた戦友たちの記録だ。

その手記を読み込んだことで、アルマはそこに書かれていた者たちの逸話《いつわ》や出来事を参考にして『亡雄の旅団』という形で自身の魔法に仕立て上げた。

しかし、今はそんなアルテイン軍に属していた者たちだけではない。

「うわぁ……もしかして、あれが現代の魔法士ってやつなのかな？」

「えー、ゼルちゃんマジで言ってんのー？　なんかあたしたちと違ってゴテゴテした見た目っていうか、どちらかと言えばアルテインっぽいから別人っしょー？」

そう、蒼白の制服を身に纏った男女が魔装具を携《たずさ》えながら会話を交《か》わす。

男の方は『ゼルシス』、女の方は『リンシア』という名だ。

両者ともヴェガルタ魔法士団に所属する魔法士として従事し、大国アルテインの滅亡《めつぼう》後には次代の魔法士たちを育成するため、ゼルシスは魔法戦闘《まほうせんとう》を主体とした基礎《きそ》教練を確立し、リンシアは賢者の教えた魔法理論の多くを書物として後世に残した。

彼らだけではない。

今もアルマの影から続々と過去の英霊《えいれい》たちが顕現《けんげん》している。

その一人一人について──アルマはよく理解している。

千年越《ご》しにライアットから手渡《てわた》された、連合軍に所属する者たちの名簿《めいぼ》。

そこには写映魔具で現像された当時の姿だけでなく、ライアットによって記された当人たちの過去や功績、普段の様子や性格などが仔細に書かれていた。

その情報を基にして、アルマは過去に生きた者たちを魔法によって再現した。

しかし名簿だけでは手記の時と同じように、完全な再現は行うことはできず、先ほどのように独立した意思を持って会話を交わすという精巧《せいこう》な再現には至らなかっただろう。

それを可能としたのが──『紡魔虫』の糸によって編まれた連合旗だった。

連合旗に使用されていた糸には、一つ一つ異なる魔力が込められていた。

連合軍に所属していた者たちの魔力。

その者たちの記憶《きおく》が魔力という形で保存されており、その魔力を抽出《ちゅうしゅつ》してイメージを補完することによって、過去に生きていた者たちを再現することができた。

そして──

「──お前が、カノスの末裔《まつえい》か」

淡々《たんたん》とした声が背後から聞こえて、アルマは静かに振《ふ》り返る。

自分と同じ黒髪《くろかみ》を持つ男。

その表情は淡泊《たんぱく》で感情の機微《きび》が窺えないものだったが、自分と同じ目の色をした黒瞳には静かに燃えるような強い意志が垣間見《かいまみ》えている。

「初めまして――ライアット・カノス」

その名をアルマが呼ぶと、ライアットは眉《まゆ》一つ動かさずに頷《うなず》く。

「大義だった。話には聞いていたが、ずいぶんと優秀《ゆうしゅう》な魔法士のようだ」

「そりゃもちろん。御先祖《ごせんぞ》様の無茶《むちゃ》ぶりに応えられるくらい優秀なんだから」

そうアルマが笑いながら言葉を返すと――

アルマの頭に向かって、ベシィッと手刀が叩《たた》き込まれた。

「うわ痛ぁーッ⁉」

「なんだその言葉遣《ことばづか》いは。仮にも先祖が相手なら相応の言葉遣いを心掛《こころが》けろ」

「いやなんであたし自分で再現した魔法に殴られてんのっ⁉」

「もしや、フリーデン閣下に対しても同じ言葉で対応しているわけじゃないだろうな。確かに千年も時が経《た》てば言動や他者との接し方に変化もあるだろうが、あの偉大《いだい》な御方《おかた》に対しては常に礼儀《れいぎ》を欠くことなく敬意を払《はら》いながら接しなければ――」

「あーあーあーっ！　もう分かったわよ、閣下大好きマンッ!!　そんな小言だったら後でいくらでも聞いてあげるから後にしなさいよっ!!」

そうアルマが頭を押《お》さえながら言葉を返すと――

「――彼女の言う通りですよ、ライアット」

そう声を掛けてきた女性には見覚えがあった。

ヴェガルタ王家の紋章《もんしょう》が刻まれた鎧を身に付けた女性。

「彼のことを許してくださいね。変なところで不器用な性格なので、子孫であるアルマさんにどうやって接するべきか困っているだけですから」

そう言って笑う姿はクリス王女によく似ており、姉と言われても納得《なっとく》できるものだ。

しかし纏っている雰囲気《ふんいき》や空気には洗練されたものがあり、数多の戦場を潜り抜けてきた勇姿とでも言うべき堂々としたものであった。

「お久しぶり……と言うのは少し違うかもしれませんね。あなたの魔法が完成したということは、私は再現された存在ということなんですから」

「そうですね。ここにクリス王女がいて魔法を使ったら、ティアナ様が二人いるという不思議な状況になっていたと思いますよ」

「それは――エルリア様を二倍愛《め》でることができるということですかっ！」

「ああ、そう言えばこっちは賢者大好きウーマンだったわね……」

嬉《うれ》しそうに表情を輝《かがや》かせたティアナを見て、アルマは頭を抱えながら溜息をつく。

それについてもライアットの注釈《ちゅうしゃく》に書かれていたが、千年後に意識を飛ばしてエルリアと再会したことによってエルリア愛が再燃したらしく、最近ではエルリアを模した人形を作って一緒に寝《ね》ているらしい。ヴェガルタの国民が知ったら卒倒《そっとう》しそうだ。

「さて──その前に、我らが敵の相手をしましょうか」

既に連合軍たちはアルテイン軍たちとの戦闘を始めている。

しかし、連合軍が倒《たお》れることは決してない。

「ハッハァッ!!　死なねぇ身体ってのは無茶ができて楽しいもんだなァッ!!」

「死なないけどライアットの子孫の魔力《まりょく》は消費するって言ったでしょっ！　だから普段と同じように『命を最優先』で戦いなさいってのっ!!」

「そういや殺すのもダメなんだっけか？　まぁそこらへんはヴェガルタの奴らとの戦いで慣れてるし、結局何も変わらないってこったな」

「あはは……慣れてはいるけど結構難しいんだよねぇ……」

「まぁまぁ大丈夫《だいじょうぶ》っしょー。それくらい朝飯前でやるのがあたしたちってことでさー」

再現された者たちは死ぬことも傷つくこともないが、アルマの魔力を消費する。

エドワードの協力によって魔力消費を可能な限り抑《おさ》えることはできたが、以前まで使っていた『亡雄の旅団』と比べると桁違《けたちが》いに消耗《しょうもう》する。

だが――再現された各人が思考や意思を持つことから、アルマ自身が動作などを細かく操作する必要もなく、魔力に込められた記憶に基づいた技術も有しているため、個々の戦闘能力は格段に上がっている。

「アルマ・カノス、我々を再現したお前が閣下たちの代理だ。軍に激励《げきれい》を飛ばせ」

そう、少しだけ口角を上げながらライアットは言う。

そんなライアットに対して、アルマは笑《え》みを返してから――

「――総員、傾注《けいちゅう》ッッ‼」

声を張り上げ、蒼白の軍旗を掲《かか》げながら過去から蘇《よみがえ》った者たちに激励を飛ばす。

「誰一人《だれひとり》殺すなッ！　誰一人として死ぬなッ！　それがこれまで『英雄《えいゆう》』と『賢者』が行ってきた戦であり、二人の想《おも》いは肉体が朽《く》ちようとも我らの魂《たましい》に刻まれているッ‼」

その想いの下に集った者たちが、その言葉に応じるように声を上げる。

「この蒼白旗から先に――彼らが望む未来を作り上げろッ‼」

□

映し出された光景を見て、真っ先に浮《う》かんだ二文字があった。

『失敗』

それがディアンの中に浮かんだ言葉だった。

「ハッ……マジで言ってんのかよ」

顔の傷を押さえながら、その下でディアンは笑っていた。

決して失敗しない作戦のはずだった。

それによって残された者たちは救われるはずだった。

たとえ非道や外道《げどう》と言われ、敵味方問わずに屍《しかばね》を積み上げることになろうとも、果たさなければならない使命であるはずだった。

それが『英雄』という役目を担った者の責務だった。

だが――

「ディアン閣下――」

「うるせぇ。閣下って呼ぶなって言ってんだろ、ブラッキオ」

そう言葉を制してから、ディアンはゆっくりと立ち上がった。

「今から俺《おれ》が出て空間魔法をブッ壊《こわ》してくる。お前たちはここで待機だ」

まだ全てが終わったわけではない。

全ての部隊が囚《とら》われていたとしても、まだ自分という『英雄』が残っている。

ディアン自身が向かって外から空間魔法を破壊し、その後は兵士たちに自爆《じばく》術式を起動させれば作戦を遂行することができる。

しかし——それを相手が許さないことは既《すで》に分かり切っている。

そう考えていた直後、潜水艇《せんすいてい》に大きな揺《ゆ》れが起こった。

「ッ……今の揺れはなんだッ⁉」

「ま、魔法を用いた襲撃ですッ！」

「それならば今すぐ海域を離脱《りだつ》しろッ！　深海域を航行すれば容易に手出しは——」

「で……できません……ッ‼」

ブラッキオの言葉が終わるよりも早く操舵手は青ざめた表情で答えた。

先ほどまで暗闇《くらやみ》に染まっていた窓。

そこには——分厚い氷が広がっていた。

「これは……まさか」

「見りゃ分かるだろ。『魔王《まおう》』が海ごと俺たちを凍《こお》らせたんだろうさ」

それも分かり切っていたことだった。

『災厄《さいやく》』の被害《ひがい》から人々を守るために、エルリア・カルドウェンは海全体を凍らせるという馬鹿げた方法を使って見せた。

こちらの動きを完璧《かんぺき》と言っていいほど封殺《ふうさつ》した相手なのだから、自分たちが潜伏《せんぷく》している海域についても既に特定していたのだろう。

そして部隊が封殺されたら、その対象には確実に『英雄』が動くことになる。

そんなディアンを確実に止めるために、自分たちで部隊の相手をするのではなく他の者たちに全てを任せたのだろう。

だが——それでいい。

「ブラッキオ、お前らはここで待機しておけ。そんで向こうの奴らが来たら投降しろ」

「……できません、我々も閣下に御供《おとも》させていただきます」

「お前らがここで死んでも何にもならねぇんだよ。それに相手はわざわざ部隊の奴らを殺さないで生かしている甘《あま》ちゃん連中だ。きっとお前らのことも生かしておくぜ」

「それならば——なぜ最低限の生贄《いけにえ》を残さずに全て部隊へ投入したのですかッ!!」

ブラッキオの言葉は正しい。

潜水艇に残されている人員では『扉《とびら》』を作り上げるだけの贄《にえ》にはならない。

だから、最初は生贄として捧《ささ》げる最低限の人員を残す予定だった。

それで失敗したとしても、残った者たちが命を捧げれば『扉』を作ることはできた。

「なぜ……閣下は当初の作戦にあった人員配分を変えたのですか……ッ」

そう拳を震わせながらブラッキオは言う。

作戦と人員配分の変更《へんこう》を言い渡したのはディアン自身だった。

相手は自分たちよりも遥《はる》かに劣《おと》る相手だから失敗することはない。

それならば今後の活動を行うために、確実に要人たちを確保できるように人員を配置するべきだと提案して強引《ごういん》に人員配分を変更させた。

それを行っていなければ、今回のような失敗を招くことはなかっただろう。

だが、それでいい。

「俺は何度も言ってんだろ、ブラッキオ」

大斧を手に取りながらディアンは笑みを浮かべる。

「俺は『英雄』であって、お前らみたいな奴らを従える将軍なんて柄《がら》じゃねぇんだよ。そんな俺が思いつきで作戦を変えちまったから失敗したってだけの話だ」

大斧を肩《かた》に担《かつ》ぎ、軽薄《けいはく》な笑みを向けながらディアンは言う。

今回の失敗はそれだけの話だ。

全ての責任は思いつきで作戦を変えたディアンにある。

それこそが――自分に思いつくことができた最上の結末だったからだ。

「ブラッキオ……バージェスとヴィクトル、それとレンディの奴に会って伝えろ。俺みたいなバカ野郎《やろう》の下についたのがお前らの失敗だってな」

そう言い残して、ディアンは潜水艇のハッチを開けて氷壁《ひょうへき》を砕《くだ》いた。

ご丁寧《ていねい》なことに、その氷壁は円柱状にくり抜かれていた。

まるで「お前ならそこから出られるだろう」と言われているような気分だった。

「ハッ……本当に未来でも見えてるんじゃねぇのか」

その氷壁を踏み砕き、足を突《つ》き刺すようにして登っていく。

ゆっくりと、全ての終わりに向かって進んでいく。

そして、光が差し込む出口へと勢いよく飛び出したところで――

「――よお、意外と早く出てきたじゃないか」

氷上に着地したディアンに向かって、背後から声が掛けられる。

氷によって閉ざされた大海。

そんな氷陸の上に二人の男女が立っていた。

自分たちの世界を破滅《はめつ》に進めているエルリア・カルドウェン。

そして、卓越《たくえつ》した頭脳によって未来にいる自分たちさえも救った人間――

「――レイド・フリーデン」

そうディアンが名前を口にすると、眼前にいる少年は不敵な笑みを浮かべた。

「俺みたいなガキに一杯《いっぱい》食わされるのは心外だっただろうが、なにせ中身は九十近く生きたジジイだ。そっちは『災厄』の対処やら人類生存に必死で人間同士の戦争経験も無かっただろうし、今回のことはあんまり気にしなくていいぞ」

その言葉は正しい。

自分たちの時間軸《じかんじく》では、人類同士で争うほどの余裕《よゆう》はなかった。

対人を想定した大規模戦闘の経験に乏《とぼ》しいことから、たとえ別の人間が指揮をして作戦を変更せずに進めていたとしても、きっと同じ結果に収束していただろう。

だが――決して失敗することはない。

既に自分たちの勝利は確定した。

「ゴチャゴチャうるせぇな、クソ野郎」

戦斧《せんぷ》を振りかぶり、口を裂《さ》くように笑いながら対峙《たいじ》する。

「このディアン様がいる限り……俺たちに『敗北』なんていう二文字はねぇんだよ」

虚勢《きょせい》ではなく、その勝利を確信しながらディアンは宣言する。

「それが――『英雄』って呼ばれる者の役目だろうが」

人類の未来を託《たく》された者として、ディアンは眼前に立つ敵を睨《にら》みつける。

そんなディアンの言葉を聞いて、レイドも笑みと共に背負っていた剣《けん》を構える。

「顔と口調に似合わず、ちゃんと自分の役目を理解しているじゃないか。『英雄』を名乗るなら、それくらいの気概《きがい》がないと困るってもんだ」

「いつまでも余裕ぶっこいてんじゃねぇよ、旧時代のクソジジイが」

「『英雄』の先輩《せんぱい》として余裕くらい見せておかないとな」

「ハッ……そりゃ余裕だろうな。いくら俺様でも『英雄』と『魔王』を二人まとめて相手にしたら楽に殺せねぇからよ」

今のエルリア・カルドウェンは『魔王』と呼ばれていた時ほどの力はない。

それでも多くの魔法士《まほうし》たちを遥かに凌《しの》ぐ実力があり、『英雄』の力を持っているレイドも合わせれば容易に勝てる相手ではない。

しかし、その言葉に対してレイドは首を横に振った。

「エルリアは戦いに参加しないぞ」

「うん。わたしの役目は二人が暴れても大丈夫なように、この海を凍らせ続けて維持《いじ》する以外のことはしないつもり」

自身は動かないということを示すように、エルリアが杖《つえ》を突き立てる。

「それで――あなたたちのことを見極《みきわ》めたいと思う」

深い海のような色の瞳をこちらに向けながら言う。

そこに他の目論見《もくろみ》があるようには見えない。

ただ静かにディアンのことを見極めるように視線を向けている。

そんなエルリアの様子を訝《いぶか》しんで、ディアンが僅《わず》かに目を細めた時――

「――どっちにしろ、こっちはお前を殺すわけにはいかないんでな」

そうレイドが告げたことによって、ディアンは全てを悟《さと》った。

ディアンが思い描《えが》いた結末。

それさえも理解した上で、この二人はこの場に立っている。

「お前の望みを叶《かな》えたいなら――全力で掛かってこい」

そう、剣先《けんさき》を向けながらディアンに告げた。

◇

レイドの言葉を聞いて、ディアンと名乗った男は目を見開いていた。

しかし、すぐさま表情を改めて口端を吊《つ》り上げる。

「まったく……本当に憎《にく》らしいったらありゃしねぇな」

レイドを睨みつけながら、殺意と憎悪《ぞうお》に満ちた赤眼を向けてくる。

「死ぬほど頭を悩《なや》ませて、どうすりゃ一番良い結果にできるか考えて、そのために覚悟《かくご》してきたってのに……それすら何もかもお見通しって顔でいるのが気に食わねぇ」

戦斧を握《にぎ》り締《し》め、内に秘《ひ》めた力を滾《たぎ》らせるように腰《こし》を沈《しず》めてから――

「それなら――やるべきことは一つしかねぇよなァッ!?」

勢いよく、その戦斧をレイドたちに向けて振り抜いた。

巨大《きょだい》な戦斧によって生み出された風圧と衝撃《しょうげき》。

『英雄』の力によって振るわれた破壊の一撃。

それをレイドは真正面から見据《みす》え――

「ああ――ゴチャゴチャ考えるより、それくらい単純な方が分かりやすいしなッ!!」

自身の身体に迸《ほとばし》る力を感じながら、勢いよく大剣《たいけん》を振り抜いた。

生み出された力同士がぶつかり合い、足場になっている氷陸を抉《えぐ》り、氷の破片《はへん》が煌《きら》めくようにして上空に舞《ま》い散る。

その結果を目《ま》の当たりにして、ディアンの表情が忌々《いまいま》しそうに歪《ゆが》んだ。

「チッ……前より力の引き出し方まで上手《うま》くなってやがるのかよ」

「前は素手《すで》だったからな。剣を使えるなら昔と同じ要領で使えるってわけだ」

ミフルから受け取った『剣』を確かめるように、レイドは片手で軽々と担ぎ上げる。

魔力に晒《さら》され続けたことによって変質した剣。

それによる魔力への耐性《たいせい》と親和性を得たことによって、『英雄』が持つ特異な魔力に耐《た》えながら徐々《じょじょ》に順応し、その力を引き出すように一体化するとエルリアは言っていた。

だが……同じ力を扱《あつか》う者だからこそ、ディアンには理解できたのだろう。

「それで俺様と同等だと思ってんなら……おめでたいってもんだなァッ!!」

吼《ほ》えるように叫《さけ》び、高々と振り上げた戦斧をレイドに向かって振り下ろす。

再び生まれた力の奔流《ほんりゅう》に対して、レイドも応戦しようと剣を振り抜くが――

突如《とつじょ》、その衝撃波《しょうげきは》が『集約』した。

周囲に広がっていた衝撃が目標であるレイドに向かって集約し、対象を確実に貫《つらぬ》かんとする『槍《やり》』のように迫《せま》ってくる。

「――――ッ!!」

それを理解した瞬間《しゅんかん》、レイドは即座《そくざ》に体勢を変えた。

剣先を進行してくる衝撃波に合わせ、その力の方向を強引に右側へと逸《そ》らす。

その直後――流れていった衝撃波が氷陸を鋭《するど》く抉っていった。

まるで巨大な剣に刺《さ》し抜かれたように、蒼氷の大地に深い割れ目を作り上げる。

「やるじゃねぇか。そのまま無理やり防いで全身バラバラになれば楽に死ねたのによ」

「……これくらいで死んでたら、お前より先に賢者の手で殺されてたさ」

衝撃の余波を受けて、傷だらけになった右腕《みぎうで》を庇《かば》いながらレイドは言う。

そして……『英雄』という力の扱い方《かた》に対する差についても理解した。

通常、人体によって生み出した力とは当人から離《はな》れることで制御《せいぎょ》を失う。

戦斧によって衝撃や風圧を生み出しても、基本的にはそれが当人から離れた時点で手を加えることができないものだ。

だが――『英雄』とは称号《しょうごう》であり、同時に魔法の名称《めいしょう》でもある。

「……自分が生み出した『力』そのものを操作できるってところか」

『英雄』という強大な力によって生み出された『力』そのものを自在に操《あやつ》る。

それは先ほどのように一点へと集約することもできれば――

「オラオラァッ!! ボサっと突っ立ってるのが元『英雄』様の戦い方かァッ!?」

地面をガリガリと削《けず》りながら、ディアンが虚空《こくう》に向かって戦斧を振り上げる。

しかし、その衝撃はレイドに向かうわけでもなければ、地面を迸《ほとばし》るわけでもなく――上空から降り注ぐようにして、レイドの頭上から襲《おそ》い掛《か》かってきた。

それを寸前のところで見極め、頭上に大剣を合わせることで衝撃を受け流す。

「ッ……『英雄』のくせに、ずいぶんとトリッキーな戦い方してくるじゃねぇか」

ディアンのやっていることは自身の生み出した『力』を操るという単純なものだ。

しかし……それ故に『力』の行き先や性質が分からない。

動作を見て読もうとすれば不意打ちのように別方向から襲い掛かり、レイドが防御《ぼうぎょ》や相殺《そうさい》をしようと動けば、寸前で『力』を集約して想定を上回る威力《いりょく》で叩き潰そうとしてくる。

「偉《えら》そうに講釈《こうしゃく》を垂れて――俺様に殺されたら目も当てられねぇなァッ!!」

横薙《よこな》ぎに振り抜かれた戦斧が衝撃と『力』の奔流を生み出し、再びレイドに向かって襲い掛かってくる。

その様子を、レイドは目を逸らすことなく見つめてから——

「——その程度ではしゃいでんじゃねぇよ、若僧《わかぞう》」

不敵な笑みと共に、レイドは大剣を構えながら衝撃波と対峙する。

その瞬間、衝撃波が一点に集約する気配を感じ取り——

迫り来る衝撃波に合わせて、力任せに拳《こぶし》を振るった。

ゴッ——と『力』同士がぶつかり合う音と共に、周囲の氷が勢いよく爆《は》ぜ散る。

それを目の当たりにしたことで、ディアンの目が大きく見開かれた。

「ハッ……本物の化け物かよ、クソ野郎」

その衝撃を真正面から受けながらも、レイドは傷を負うことなく立ち続けていた。

「おう——『英雄』って呼ばれる前にはよく言われてたぜ」

そう言葉を返しながらレイドは笑みを浮かべる。

ディアンが操る『力』には向きが存在している。

それは変幻自在《へんげんじざい》に相手を襲う刃《やいば》となるが——その『力』そのものに方向が存在するということは、別方向からの衝撃に弱いということでもある。

その『力』がレイドに向かって真《ま》っ直《す》ぐ向かってくるのであれば……それが到達する直前に真上から別の衝撃を加えることで、遥かに少ない力であっても相殺することができる。

しかし、それは並大抵《なみたいてい》の人間にできることではない。

相殺するために打ち下ろした衝撃が僅かにズレれば、集約された衝撃波によって貫かれて一瞬《いっしゅん》の内に絶命していただろう。

それを理解しながらも実行に移すという鋼《はがね》の胆力《たんりょく》。

その方法を実現するための技量と経験。

「こっちは――命懸《いのちが》けじゃないと引き分けにできない奴と五十年やり合ってきたんだ」

千年前、五十年に亘って戦ってきた好敵手の姿を思《おも》い浮かべながら言う。

レイドとエルリアは互《たが》いの軍や領土の損耗《そんもう》を避《さ》けるように、半ば示し合わせるような形で戦《いくさ》を行ってきた。

だが――二人が戦う時は、いつだって真剣《しんけん》に命を懸《か》けて戦っていた。

互いの持つ力だけでなく、技術、経験、知識……自身が持つ全てを総動員して、好敵手と認めた相手を上回り勝利することを目指して戦ってきた。

その結果によって、どちらかが倒れて死ぬ可能性もあっただろう。

それでも――「あいつに負けるなら悔《く》いはない」と笑って死ねるように戦ってきた。

「だけど……お前には理解できねぇだろうな」

そう、口を裂かんばかりに笑みを浮かべながらレイドが静かに一歩を踏《ふ》み出す。

「――――ッ!!」

そんなレイドの纏《まと》う空気から何かを感じ取ったのか、ディアンが再び戦斧を振るった。

しかし、それを見切っていたかのようにレイドは一刀によって叩き伏《ふ》せる。

「こっちは命懸けで相手してやってんのに……てめぇの覚悟はその程度か、おい」

僅かに怒《ど》気《き》を孕《はら》ませながら、レイドはゆっくりとディアンに近づいていく。

レイドから放たれる異様な空気と威《い》圧《あっ》感《かん》によって、ディアンの瞳の中に僅かながら焦《あせ》り
に近い感情が浮かんでいる。

「……うるせぇ、クソ野郎が」

奥歯《おくば》が軋《きし》むほどに歯を食いしばりながら、ディアンが戦斧を大きく構える。

「てめぇに――俺の覚悟が分かってたまるかァァァァァァァァァァァァアアアッ!!」

裂帛《れっぱく》の咆哮《ほうこう》と共に、レイドに向かって『力』の奔流をぶつけようとする。

しかし、その一撃はレイドに届かない。

的確に『力』の弱点を突き、卓越した剣技によって受け流されて無力化される。

「そんな覚悟──こっちは最初から分かるつもりはねぇよ」

静かな呟《つぶや》きと共に、地を蹴《け》ってレイドは加速する。

ディアンが何を目的としているのか、レイドは既に理解している。

そのために、どれほどの覚悟を持って臨《のぞ》んでいるのかも理解している。

だが──

「──最初から自分が死ぬつもりだった奴の覚悟なんて、理解してやるわけねぇだろ」

強く、強く拳を握り締めながらディアンの眼前に迫る。

それは、ただ拳で殴《なぐ》るという単純な攻撃《こうげき》だ。

レイドにとっては何の変哲《へんてつ》もない、ただ力任せに打つ拳でしかない。

しかし、その一撃を見た他者の反応は違《ちが》っていた。

レイドの拳によって打ち抜《ぬ》かれ、内部まで衝撃が浸透《しんとう》して絶命している魔獣たちを見て、人々は奇妙《きみよう》な物を見たように訝しみながら語った。

「まるで、巨大な獣《けもの》の蹄《ひづめ》によって踏まれたような有様だった」と。

そうして《鉄靴》の時と同じように、いつしかレイドが築き上げていった魔獣たちの屍の山を見た人々が自然と口にするようになった言葉がある。

燃《も》え盛《さか》る蹄によって罪人たちに烙印《らくいん》を与《あた》え、その者たちを死の国へと連れ去って神罰《しんばつ》を与える『獄牛』という魔獣《まじゅう》の伝承になぞらえて呼ばれた一撃――

「――《煉蹄》」

自身の体内を駆《か》け巡《めぐ》る力を右腕に集約し、ディアンの身体に打ち込《こ》んだ。

その身に纏っていた黒鎧を粉々に打ち砕き、その奥《おく》にある胴体《どうたい》に拳をねじ込み、その魔力によって強化された強靭《きょうじん》な肉体さえも打ち貫《ぬ》く。

「かッ――ァ⁉」

その衝撃と威力によって空気を吐《は》き出した直後、ディアンの身体が氷の地面を深く抉り砕きながら吹《ふ》き飛んでいく。

「ッ……ミフル嬢《じょう》ちゃんの剣のおかげで魔力を感じ取りやすくなったせいか、なんか普通《ふつう》に殴るだけでも大層な威力が出るようになったな」

反動を受けた右腕を軽く振りながら、レイドは衝撃によって生まれた氷塊《ひょうかい》の山を見る。

「さて……仮にも『英雄』を名乗る奴が、これくらいで死ぬなんてことはないだろ？」

そんなレイドの言葉に応えるように、氷塊が音を立てながら崩《くず》れた。

口から血を流しながら立ち上がるディアンの姿。

しかし、その目の焦点《しょうてん》は定まっておらず、立ち上がるのが限界と言わんばかりに足元が震《ふる》えるように揺れている。

だが、その目はまだ死んでいない。

その赤眼に深く激しい憎悪の感情を浮かべながらレイドに顔を向けている。

言葉にせずとも、ディアンの中にある言葉は容易に想像できる。

「なんで殺さなかったのか――って言いたそうな目をしてるが、俺たちはお前のことを殺すつもりはないし、その目的を果たさせるつもりもない」

満身創痍《まんしんそうい》で立つディアンに向けて、その目的について告げる。

「お前一人が犠牲《ぎせい》になって、仲間と世界を救うなんて結末を辿《たど》らせるつもりはない」

人間が別の時間軸に移動するためには、多大な犠牲が必要になるとエリーゼは語った。

そして、その犠牲を最小限に抑えて移動させるために、こちらに『扉』を作り上げるのが目的であるとレイドは推測していた。

だが、その方法は最小の犠牲ではない。

たった一人が犠牲になることで、その全てを解消できる存在がいる。

「『英雄』のお前が一人死ぬだけで、『扉』を完成させる禁呪《きんじゅ》は発動できるんだろ」

そうレイドは確信と共に語る。

『英雄』という魔法を身に宿した者は、『神域』から莫大《ばくだい》な魔力を引き出すことができる。

その魔力によって、かつて存在していた『英雄』たちはエルリアを過去に逆行させた。

それならば、ディアンという『英雄』にも不可能ではない。

たとえ完全に魔法を再現することができなかったとしても、その身に宿った莫大な魔力によって禁呪を発動させることはできると考えていた。

しかし、ディアンはそれを行わなかった。

正確には――ディアンではなく、それらを指示した者たちが許さなかった。

「作戦の成否にかかわらず、『英雄』ってのは貴重かつ強大な戦力だ。いくら人類を救うためとはいえ、その戦力を削ることになったら作戦後に奪《うば》った時間軸の世界を征服《せいふく》できなくなる。もしくは長い時間と多くの血を流さないと成《な》し遂《と》げられない」

だからこそ、この作戦を命じた男はこう考えたのだろう。

『英雄』を失ってしまえば、自分が生きている間に世界を奪うことができなくなる。

そんな『英雄』を失うくらいならば――有象無象《うぞうむぞう》の兵士たちが死んだ方が安い、と。

「だが、お前はその決定に納得がいかなかった。しかし『英雄』ってのは自死が許されない。それは上の命令とかではなく──『英雄』っていう魔法に組《く》み込まれた、自分の意思では絶対に抗《あらが》うことができない安全装置みたいなもんなんだろうよ」

その記憶や力を受け継《つ》ぐことによって転生者が混乱し、自ら命を絶ってしまえば魔力や経験を蓄積《ちくせき》するという目的を果たすことができなくなる。

それによって『英雄』を受け継いだ者が転生を繰《く》り返してしまえば、その役割を果たすことも叶わなくなってしまうことから、何かしらの処置が施《ほどこ》されていても不思議ではない。

そして……ディアンは他の兵士たちに自分を殺すように命令することもできず、兵士たちも命令を聞き届けることはない。

それは他の者たちにとって、ディアンは紛れもない『英雄』だったからだ。

「上の者から厳命され、そして自分たちにとっては世界を救う希望とも言える『英雄』を殺すなんてことができるはずもない。だから──お前には自分を殺せる存在が必要だった」

『英雄』を殺すことができる存在は限られている。

その存在の一つが『災厄』でもあったのだろう。

『災厄』が出現した時点で既に『穴』は広がっており、そこでディアンが『災厄』によって殺されたら「最小の犠牲で済ませる」という目的が果たされるはずだった。

しかし、それをレイドたちが倒してしまったことでディアンは死ぬ方法を失った。

だから――『災厄』を倒したレイドたちに殺されるという方法を選んだ。

それで全ての目的を果たすことができる。

『英雄』という人類の希望として『扉』を作り上げ、自分の下についた者たちを誰一人として犠牲にすることもない――

「――ベラベラと、勝手なこと抜かしてんじゃねぇぞクソボケがァッ!!」

吼えるように叫びながら、ディアンは震える手で戦斧を握り締める。

「俺が死にたがるような奴《やつ》に思えるかッ！　他の使えねぇゴミ共なんざ何人死んだところで気にすることはねぇッ!!　てめぇの物差しで俺を推《お》し量《はか》ってんじゃねぇぞッ!!」

残された気力を振り絞《しぼ》るようにして、レイドに向かって戦斧を振り下ろす。

しかし、既に警戒《けいかい》するほどの余力さえ残っていない。

その証拠《しょうこ》を示すように、レイドは軽く大剣を合わせて戦斧を受け止める。

それだけ見れば、死が目前に迫って生にしがみつこうとしている者に見えただろう。

だが、レイドには違う。

他でもない――同じ『英雄』という立場にあった者だからこそ理解できる。

「この期《ご》に及《およ》んで馬鹿げた言い訳を並べてんじゃねぇよ」

戦斧を弾《はじ》き飛ばし、身体をよろめかせながら後退するディアンに向けて告げる。

「本当のクソ野郎だったら――これから死ぬ奴の名前なんて聞かねぇんだよ」

砂漠《さばく》の地下遺跡《いせき》で遭遇《そうぐう》した時、ディアンは自身の仲間たちを生贄にした。そして最後に残っていた兵士が自害する前に、その名を訊《き》いて確認《かくにん》した。

その名前を決して忘れないように。

その死は大義の犠牲であり、決して無駄《むだ》な死ではないと思わせるように。

そして、レイドも同じように戦場で散っていった者たちの名を覚えている。

ベイシス、ルダン、ヴァリス、ディトルード、アブリル、ロザリア、グレイス、リーラ、ロッド……『英雄』と呼ばれたレイドのことを信じてついて来て、そして戦場や不慮《ふりょ》の事故で命を落とした者たちのことを誰一人として忘れたことはない。

「うるせぇ……うるせぇんだよ、クソがッ‼」

そう、子供が駄々《だだ》をこねるようにデタラメに戦斧を振《ふ》り上げる。

「なんで……あの馬鹿共は俺みたいなクソ野郎のことを『英雄』って呼ぶんだよッ‼」

その言葉に耳を傾《かたむ》けながら、レイドは何も言わずに剣を合わせる。

「どうして、『英雄』だからって理由だけで俺みてぇなクズについて来るんだよッ!!」

既に身体は限界を迎《むか》えているというのに、気力だけでディアンは戦斧を振り続ける。

自分という『英雄』を信じる者たちに恥《は》じないように。

「なんでッ……俺が死ねば済むってのに、あいつらは笑って死ねるんだよッ!!」

その心中に秘めていた想いを吐露《とろ》するように言葉を吐く。


「なんで――俺の代わりにそんな奴らが死ななくちゃいけねぇんだよッッ!!」


その表情はどこまでも悲壮感《ひそうかん》に満ちていた。

自分が犠牲になることで全てが済むというのに、それを叶えることもできない。

「なんで……俺に殺される直前まで『ありがとう』とか言って笑ってんだよッ!!」

世界を救うという大願の礎《いしずえ》として犠牲になっていった者たち。

その命をディアンは自身の手で奪ってきたのだろう。

せめて――その命は無駄ではなかったと思わせるために。

犠牲を強《し》いることになってしまった贖罪《しょくざい》のために。

「なんで……俺たちの世界は、そんなクソったれなことをしなきゃいけねぇんだよッ!!」

そんな世界に変えてしまったのは別の未来のエルリアかもしれない。

しかし、そのエルリアを変貌《へんぼう》させた元凶《げんきょう》は過去の者たちであり、その遥か先の未来に生きるディアンたちまで背負う業《ごう》ではない。

「なんで他の奴らを守る『英雄』が他の奴を殺さねぇといけねぇんだよッ!!　なんで俺みたいな屑《くず》を信じて付いて来てくれた奴らを死なせなきゃいけねぇんだよッ!!」

そうして他者を想うことができたからこそ、ディアンは『英雄』に選ばれたのだろう。

しかし『英雄』に選ばれてしまったことで、相反する自身の想いと現実に苛《さいな》まれることになってしまったのだろう。

「だからッ……だから、俺は――ッ!!」

そう涙《なみだ》を流しながら、世界の全てに抗うように戦斧を振り上げるが――

それよりも早く、レイドの放った一閃《いっせん》によって戦斧が両断された。

その刃が地面に落ちて音を立てるのと同時に、光の粒子《りゅうし》となって消えていく。

「……俺を殺してくれ、レイド・フリーデン」

力尽《ちからつ》きるように、その場に崩れ落ちながらディアンは言う。

「てめぇが俺と同じ『英雄《えいゆう》』なら……最後くらい、俺に他の奴らを守らせてくれよ」

ここでディアンが死ねば、一人の犠牲によって自分たちの世界を救える。

半ば死ぬために用意された者たちも生き延びることができる。

しかし……それが叶わなければ部下たちは命令に従って自決し、世界を救うための礎になることを選ぶだろう。

それを『英雄』であるディアンは望まない。

人を、国を、世界を守る役目を担《にな》った者だからこそ、他者を犠牲にするのではなく自身を犠牲にすることを望んでいる。

それをレイドも理解している。

だからこそ――

ディアンの眼前に、勢いよく剣を突き立てた。

「言っただろ、俺たちはお前を殺すつもりはないってな」

「ッ……ふざけんじゃねぇッ!! 他の奴らが自決する前に早く俺を――」

「おう。それを止められるのがお前しかいないから殺さねぇんだよ」

そう、レイドは平然とした様子で答えた。

そして……その背後で戦いを見守っていたエルリアに向き直る。

「どうだエルリア、俺の言った通りだったろ？」

「ん、確かに見届けた」

「それで結果としてはどうだった」

「この様子だったら、やっぱり助けたいと思うのが人情だと思う」

ふんふんと頷《うなず》いてから、エルリアが両手で大きく丸を作って見せた。

そんなレイドたちのやり取りを見て、ディアンが怪訝《けげん》そうに表情を歪める。

「……てめぇら、一体何の話をしてやがる」

「お前は自分が死ぬのが最善の方法だと思ってんだろ？　そうすりゃ一人の犠牲で時間軸同士を繋《つな》げることができるし、他の奴らが死ぬ必要もないってことでな」

それは確かにディアンから見れば最善の方法だっただろう。

しかし――レイドたちにとっては違う。

誰一人《だれひとり》として犠牲にならない、本当に最善の方法が存在している。

「お前ら全員まとめて――今すぐヴェガルタに亡命しろ」

そう、笑いながらディアンに告げた。

「先に確認しておくが、この作戦とかやり方を命じたのってヴィティオスだろ？」

「……それが今の話と何の関係があるってんだ」

「俺《おれ》はあのクソ野郎の反吐《へど》が出るやり方をよく知ってるもんでな。敵味方問わずに争わせて生贄にして、自分は安全な高みから見物する……そして、他者には到達《とうたつ》することができない『英雄』って存在の強さを理解して依存《いそん》していそうなところもな」

その裏にヴィティオスが絡《から》んでいそうだと、レイドは薄々《うすうす》感じていた。

その下劣《げれつ》なやり方だけでなく、レイドという『英雄』の存在を知っているからこそ、二つの時間軸を繋げるために『英雄』を犠牲にするという方法を嫌《きら》ったと推測した。

「お前もヴィティオスのやり方が気に食わなかったから、わざわざ作戦が失敗するような形にして俺たちのところに来て殺されようとしたんだろ？　どんな形であれ、あんな奴のために死ぬくらいなら全部捨てて亡命した方が良いって思わないか？」

「ハッ……だから亡命して祖国と残された奴ら全員を見殺しにしろってか？」

僅かに戻《もど》った敵意を灯《とも》すように、ディアンが睨むように赤眼を向けてくる。

ここでディアンたちが亡命して生存すれば、緩《ゆる》やかに破滅へと向かっていく世界の中に残された人々は死に絶えることになるだろう。

たとえ自身や部下たちが生き残ることができたとしても、『英雄』としてその他大勢を犠牲にするということはできない。

しかし――

「それなら、お前らの世界が破滅しなければいいんだろ？」

「…………ああ？」

「俺は久々にムカつく奴のことを思い出して、そいつが今も別のところで権力振りかざして生きているってのが許せないもんでな。だからそいつを殴りに行きたい気分なんだ」

そう笑いながら告げてから――

「そのついでに――俺たちがお前らの世界を救ってやる」

不敵な笑《え》みと共に、レイドは隣《となり》にいるエルリアの肩を叩《たた》く。

「俺はお前たちが手こずってる『災厄《さいやく》』を潰《つぶ》せるし、エルリアは別の未来とはいえ世界を滅《ほろ》ぼして『災厄』を生み出した張本人なわけだしな」

「うん。別の未来の出来事とはいえ、わたしが世界を滅ぼそうとしているなら……ちゃんと、わたしの手で片付けて終わらせるべきだと思ったから」

レイドの言葉に同意するように、エルリアは力強く頷いて見せる。

「他にもエルリアが魔力汚染《まりょくおせん》された土地や空気を改善していく方法やらを考えてくれたし、少なくとも指を咥《くわ》えて滅んでいく様を眺《なが》めるなんてことにはならないと思うぞ」

「結構色々頑張《がんば》って考えてみた。既《すで》に『穴』があるし、それを辿ってレイドの魔力《まりょく》で時間軸を渡《わた》れば後はたくさん暴れて環境《かんきょう》を戻せば任務達成になる。こっちの方が簡単」

「だよなぁ……わざわざお前らを殺さないように徹夜《てつや》で空間魔法の魔具《まぐ》を量産させたり、色々と頭を使って細かく計算したり、他の奴らの報告を執務《しつむ》室《しつ》でまとめている状況《じょうきょう》なんかより、単純に身体を動かす方が全然マシってもんだ」

「……あれだけ派手に暴れた後なのに、まだ元気なレイドはおかしい」

「あれだけ俺たちが派手に暴れたのに一切《いっさい》魔法《まほう》が解除されなかったことの方がすげぇよ」

「うん。すごくがんばってた」

「そりゃ頑張ってくれてありがとうな」

そんな会話を交《か》わしながらエルリアの頭を撫《な》でていると、ディアンが唇《くちびる》を震わせながら声を上げる。

「…………なんでだよ」

振り絞るような声でディアンは言葉を紡《つむ》ぐ。

「なんで……てめぇらには何も関係ない奴らなのに、そんな奴らのために命を懸けて世界を救うなんて馬鹿げたことが言えるんだよ」

そう、呆然《ぼうぜん》とした表情と共に疑問を投げかけてくる。

それに対して、レイドとエルリアは同時に頷いてから——

「俺が世界や人間を救う『英雄』で」

「わたしがみんなの幸せを願う『賢者《けんじゃ》』だから」

そんな、誰《だれ》よりも心強い笑みと共に答えた。

終章

その後、ディアンは全軍に向かって停戦と亡命を通達した。

それについては一悶着《ひともんちゃく》もあった。

「具体的にてめぇらが俺たちの世界で何をするつもりなのか言え。停戦についてはともかく、頭が凝《こ》り固《かた》まったバカ兵士共に亡命を受け入れさせるなら相応の根拠《こんきょ》が必要だ」

それらを全軍に通達する条件として、ディアンは今後行おうとしているレイドたちの計画について話すように交渉《こうしょう》してきた。

もちろん、それらについてレイドたちは包み隠《かく》すことなく明かした。

ディアンとアルテイン軍の兵士たちを納得《なっとく》させるという理由もあったが、未来の状況や魔法技術を知る者として現実的か判断してもらうという意味もあった。

その結果――

「……てめぇら、何を食ったらそんなブッ飛んだ思考になるんだ？」

そう半ば呆《あき》れたような表情で言葉を返されてしまった。

しかし、ディアンは計画を否定することなく停戦と亡命を受け入れて全軍に告げた。

そこで部下や兵士たちを納得させるために、また一悶着起こったそうだが……最終的には全員が承諾《しょうだく》し、武装類を解除させた後に身柄《みがら》を一時的に拘束《こうそく》する形となった。

そちらの処理についてはエリーゼが行うそうなので、一定期間の観察を経て敵意や脅威《きょうい》はないと判断されたら自由を得ることができるようになるだろう。

こうして未来のアルテイン軍たちによって行われるはずだった侵略《しんりゃく》戦争は、一部の限られた者たちの中だけで処理されることになった。

そして、それらの対処が終わった後——

「——うわぁ、めちゃくちゃ大きな樹《き》ですねー」

首を大きく曲げながら、ミリスがのんきな感想を口にする。

パルマーレの沖……『災厄』が出現した場所であり、ディアンの話では時《じ》間軸《かんじく》を繋いでいる次元孔《じげんこう》が存在している場所の上に、その大樹はそびえ立っていた。

大樹という表現が正しいのかも分からない。

それは言うなれば——『世界樹』とでも呼ぶべき巨大な樹だった。

遥《はる》か上空にまで伸《の》びる枝葉。

海を貫く、小さな大陸と同等以上の幅《はば》を誇《ほこ》る巨大な幹。

深い海底まで伸びる無数の根。

そんな世界樹が突如として生み出されたわけだが……それを創り上げた者が誰なのか、もはや言うまでもなかった。

「せっかくだから、すごく大きく育ててみた」

それはもう我《わ》が子を誇るように、エルリアが得意げな表情で大きく胸を反らしていた。

「これでわたしに大きな顔をしていたお父さんも超《こ》えたと言っていい」

「あぁ……全部ウォルスのせいなのにボクが一生言われ続けるのか……」

「そしてわたしの勝ちだから、世界樹のお世話はエリーゼに任せる」

「しかもボクの仕事が増えたぁぁぁぁぁぁ……っ!!」

雄大《ゆうだい》な世界樹の下で、エリーゼは両手で地面をバンバンと叩いていた。最後まで不憫《ふびん》なことを押《お》し付けられる幼女だった。

そんなエリーゼを放置して、ウィゼルが興味深そうに世界樹を見上げる。

「しかし……これほど大きな樹だと言うのに、枝葉が日光を遮《さえぎ》らないのは不思議だな」

「うん。見た目は樹の形にしてあるけど魔法《まほう》の塊《かたまり》みたいなものだから、枝とか葉っぱが日光を遮らないように透過魔法《とうかまほう》を加えておいた」

「なるほど。周囲の環境にも配慮《はいりょ》した素晴《すば》らしい魔法構築設計ということだな」

「そして東部海域の海流を計算して根っこを配置して、その海流を利用して生み出される魔力を使っているから永久的。しかも根っこが海流を受け止めるおかげで前よりも航路が広がったから、レグネアとの往来ができやすいようにもしてみた」

それはもうエルリアが鼻高々といった様子で饒舌《じょうぜつ》に語っていた。まるで頑張って作った作品をみんなに自慢《じまん》している子供のような感じだ。

しかし実際のところ、エルリアの功績は何よりも大きいものだ。

先ほどエルリアが言ったように、『世界樹』には複数の魔法が何重にも亘《わた》って組み込まれており、それらが連動することによって相乗効果まで生み出している。

それらは『加重乗算展開』によって複数の魔法を扱うことに慣れたエルリアでないと構築できず、また現在の魔法技術では発想に至るまで長い年月を要したことだろう。

そして、そんな世界樹を創り上げた目的こそ――

「――これで、向こうの時間軸の人たちも助けられると思う」

そう、柔《やわ》らかい笑みを浮《う》かべながらエルリアは世界樹を見つめる。

この『世界樹』こそが、破滅《はめつ》に向かっている世界を救うための重要な存在だった。

「これもよく考えついたよねぇ……。世界樹の根を次元孔と接続して、向こうの時間軸に広がっている汚染《おせん》された過剰《かじょう》な魔力を吸い出そうなんてさ」

「それだけじゃない。吸い出された魔力は幹を通る際に細かく分解されて周囲に影響《えいきょう》が出ない程度に無害化されて葉っぱから放出される。そしてわたしが向こうに渡った後に同じ世界樹をもう一本作れば、こっちの世界にある魔力を散布することによって正常な魔力濃度《まりょくのうど》に戻すことができる時間が格段に早まる。これは二つの異なる時間軸に全てが同一の存在である世界樹を置くことによって、道筋が曖昧《あいまい》となっている時間軸間における通路の役割も担って魔力往来だけじゃなく将来的には人間の往来も見込《みこ》めて――」

「今日はエルリアちゃん元気だねぇッ!!」

「ここ最近は睡眠《すいみん》時間を削り続けたせいかテンションが高い」

そう言って、ふんふんふんふんと普段《ふだん》より多めにエルリアが頷いて見せる。これは確かにテンションが高いようだ。

事前に構想を練ってエルリアが準備を進めていたとはいえ、ここまで迅速《じんそく》に世界樹の創成を行ったのには理由がある。

それは……こちらで拘束しているアルテイン軍たちのためだ。

現在もアルテイン軍は拘束されている状況下にある。

いくら指揮官であったディアンが停戦と亡命を通達したとはいえ、祖国への想《おも》いや敵対意識というものは簡単には変わらない。

それも自分たちの家族や国だけでなく、人類全体の存亡が懸かっている以上、たとえ命令に背《そむ》いてでも強硬《きょうこう》手段に出る人間が出るという可能性もゼロではない。

しかし——実際に世界樹を見れば、その思考すらも変えることができる。

他の時間軸から世界を奪う以外に方法がないと考えていた状況で、実際に世界樹が創り上げられ、誰も犠牲にならない最善の方法を実現できると確信することができれば、閉ざされていた自分たちの未来に希望を見出《みいだ》すことができる。

そんな救済の象徴《しょうちょう》であるからこそ、エルリアは起きている時間の全てを費《つい》やして世界樹を創成することに従事していた。

「ですけど……お二人がいなくなると思うと、やっぱり少しだけ寂《さび》しいですね」

そう、ミリスが眉《まゆ》を下げながら言う。

数日後、レイドたちは別の時間軸へと移動する手筈《てはず》となっている。

ディアンの話によれば膨大《ぼうだい》な魔力を必要とするのは次元孔の生成、そして今回行われた作戦の主目的であった『扉《とびら》』のように次元を拡張するといったものであり、それらを終えた後であるなら転移魔法の要領で移動を行うことができるとのことだった。

別次元、別時間軸への移動ということで通常よりも魔力は消費されるが、それらについては『英雄』が持つ魔力によって賄《まかな》える範囲《はんい》であるとも言っていた。

つまり――

「別に俺たちは定期的に帰ってくるぞ」

「……え、そうなんですか？」

「最初は色々と忙《いそが》しいだろうけどな。向こう側の現状確認とか、俺たちの世界に現れたような『災厄』たちを処理するとか、向こう側にも同じように世界樹を創ったりとかな」

「忙しさのスケールが壮大《そうだい》すぎませんかね……ッ⁉」

「まぁ継続的《けいぞくてき》に活動するためにも補給やら資源を輸送する必要があるし、そのあたりを済ませたところでディアンを連れて帰って向こうの人間に事情説明を行わせたりもするから、なんだかんだ戻ってくる頻度《ひんど》は多いってわけだ」

「それって具体的にどれくらいなんですか？」

「半年とか年に一回くらいじゃないか？」

「ああ……もはや実家に帰るノリで世界とか次元を往来するつもりなんですね……」

「ここまでいくとオレたちの反応についても『まぁこの二人だからそんなものか』といった程度になってしまったな……」

そう二人が慣れた様子で遠くを見つめていた。もはやレイドたちの行動に対して何か思うことさえ無くなってしまったようだ。

「まぁ俺たちが先行した後はアルマとか他の奴らも引き連れていく予定だし、いずれ人手も必要になると思うから、お前たちもさっさと魔法士になって協力してくれ」

「ウィゼルさん、ついに私たちにまで無茶《むちゃ》な要求してきましたよ」

「本来なら魔法士の資格を得るには数年から十年近くまで必要なこともあるんだがな……。二人の教練のおかげで他の学院生よりも高い成績を維持《いじ》できるだろうが、それでも実務経験等を含《ふく》めれば最短で四年は掛《か》かることになるだろう」

「俺は数ヵ月で特級魔法士としての資格をもらったぞ」

「常識から逸脱《いつだつ》した人間の基準を持ち出すな。それならこちらは手を出すぞ」

「やっちゃってくださいウィゼルさんっ！　日々の訓練で殴り殴られた恨《うら》みをぶつけてやって、ここで一般人《いっぱんじん》による下剋上《げこくじょう》を果たしてやりましょうッ!!」

そう言って、二人がレイドを警戒するように拳《こぶし》をシュッシュと突《つ》き出していた。この二人もたくましくなってくれたものだ。

そんな会話を交わしていた時――不意にエルリアが服を引いてきた。

「レイド、レイド」

「ん？　どうした、何か問題でもあったか？」

「…………ねむい」

「ああ、寝不足《ねぶそく》って言ってたもんな。それじゃお前は学院に戻って休んで――」

「おんぶ」

そう、エルリアは目をこしこしと擦《す》りながら言った。

…………。

「まさか……寝不足が続いたせいで意識がある状態でもぽけるようになったのかッ⁉」

「ここへきてエルリア様のぽけぽけバリエーションが増えるんですか……っ⁉」

「エルリア嬢のぽけぽけも派生進化するということなのか……ッ‼」

そんな三人の言葉など気にした様子もなく、エルリアはぎゅっとレイドに抱《だ》きつきながらぼんやりとした目を向けてくる。

「レイド、おんぶ」

「ああ、分かった分かった……。それじゃ俺はエルリアを学院に連れて帰るから、なんか対処とか問題があったらエリーゼが対処してくれ」

「レイドくんはボクの仕事を増やすのが上手《うま》いねぇッ！」

「何も起こってないんだから増えた内に入らないだろ。とにかく頼《たの》んだぞ」

そうしてエリーゼに全てを任せて、レイドはエルリアを背負って学院に向かった。

久方ぶりの日常を感じながら、レイドはのんびりとした歩調で進んでいく。

そして、レイドの背中に顔を埋《うず》めながらエルリアは呟く。

「あったかい」

「おう、いつでもお前を背負えるように背中を温めてやってるからな」

「うん……すごく、幸せを感じる温かさ」

少しだけ意識が正常に戻ったのか、エルリアの言葉に活気が戻る。

「わたしが魔法で作りたかったのは、きっとこういう幸せだったんだと思う」

自身が願った想いについてエルリアは語る。

「好きな人と一緒《いっしょ》にいて、会話をして、笑い合って、同じ時間を歩んで……そうして、誰もが幸せに過ごせるようになって欲《ほ》しかったんだと思う」

その願いは完全に果たされていない。

しかし、決して遠くない未来に実現できるだろう。

かつて『英雄』と『賢者』と呼ばれた二人が一緒にいるのだから、どんな理想であろうとも叶《かな》えることができる。

たとえ――一度は諦《あきら》めることになった、何物にも代えがたい想いでさえも。

「――わたしは、レイドのことが好き」

本来なら伝えることができなかった言葉をエルリアは口にする。
だからこそ、レイドも静かに口を開く。
あの日、エルリアに伝えることなく終わってしまった言葉。
その想いに従って、千年後に再会するという奇跡《きせき》を得たことで伝えられる言葉。
それは――

「――俺は、お前のことがずっと好きだったぜ」

そう笑いながら、レイドは千年越《ご》しの告白をした。

あとがき

平素よりお世話になっております、藤木《ふじき》わしろです。

今回は初手謝罪を免れることができました。

スケジュールに余裕を持たせてくれた編集様に感謝感謝です。

とりあえず四巻の内容の前に叫ばせていただきます。


『英雄と賢者の転生婚』コミカライズ一巻、重版おめでとうございますッッッ!!


いやもう本当にめでたいです。

ちゃっかり八年くらい作家とかやっているんですが、著作関連で重版が掛かったことは今回が初めてでした。

「ウオオオオオオオオオオオッッ!!」って猫をビビらせるくらい叫びました。

西梨玖《にしりく》先生の描くエルリアちゃんは可愛さ全開MAXメガ盛りって感じなので、いつもネームや原稿が来る度に「ウォオオオオオオオオオオオッッ!!」って叫んでいます。

『ガンガンONLINE』様にて連載されておりますので、未読の方がおりましたらコミカライズの方もぜひ目を通していただけると幸いです。可愛すぎて飛ぶぞ。

そんな嬉しいご報告の後に四巻の内容を話していこうかと思います。


今回はやや詰め込み気味で話を進めさせていただきました。

三巻時点で色々調整したのもありましたが、全ては「黒髪赤眼のケモミミ清楚大和撫子を出せるぜヒャッハァーッッ!!」という願望を果たすためでした。

しかも、実は初期の構想段階で出したいと思っていた子だったりします。

今作の『転生婚』は前世で好敵手だった二人が恋愛関係になる話となっています。

好敵手とは『ライバル』ということでもあります。

それなら『恋のライバル』が出てくるのも当然だよなァッッ⁉

といった感じで、どういった関係で出して、どういう決着の仕方にするのかという点まで最初から決めていた子だったので、ちゃんと出すことができて本当に感謝感謝です。

私は人間なので数十年しか生きられませんが、時間の経過とか様々な要因を考えて想像してみて、それでも変わらない想いとかあったら素敵だなって思います。

どうです、ちょっと良い感じのハナシっぽくなったでしょう?

三巻で確定水着回を入れてくる作家と自白したのでイメージアップを図ってみました。

しかし、今後も私は同じ犯行を繰り返します。

なぜなら美少女の笑顔と水着姿は万病に効くからです。

いつもの調子に戻したところで、このあたりで謝辞に移らせていただきます。


編集様。今回は色々と頑張ったので発言権を復活させていただきます。私はチョロい人間なので、今回たくさん褒めていただいたので今後も頑張らせていただきます。

イラスト担当のへいろー様。今回も素晴らしいイラストの数々をありがとうございます。毎度イラストが届く度に拍手を打たせていただいております。

コミカライズ担当の西梨玖様。確認作業の度に「かわいい」って呪文のように呟きながら目を通させていただいております。たぶんマイナスイオンとか出てると思います。

そして今作に携わっていただいた方々、手に取ってお読みいただいた読者の方々に最大の謝辞を送らせていただきます。

藤木わしろ

HJ文庫
1110
https://firecross.jp/

英雄と賢者の転生婚 4
〜かつての好敵手と婚約して最強夫婦になりました〜

2023年9月1日　初版発行

著者——藤木わしろ

発行者—松下大介
発行所—株式会社ホビージャパン

〒151-0053
東京都渋谷区代々木2-15-8
電話　03(5304)7604（編集）
　　　03(5304)9112（営業）

印刷所——大日本印刷株式会社

装丁——木村デザイン・ラボ／株式会社エストール

Printed in Japan

ISBN978-4-7986-3265-0　C0193